その怪異はまだ読
まれていません

（目　次）

#0　まえがきにかえる

怪異に逢う人間とはどういう人間だろうか？

怪談、怪異、都市伝説。

そういったものを語る切り口として、よく見かけられるパターンがある。たとえば「これは友人の同僚の話だ」とか「彼女の友人の体験談だ」という風に、怪異の体験者はいわば匿名の第三者として登場するというものだ。

いわば彼らはそういう形で、個性をはぎとられ、もっと言えば語りの外側へ追いやられている。まるで匿名の死体のように。それにはもちろん理由があるだろう。個人情報を秘匿して取材先を守るという意味もあるだろうし、物語の焦点となる怪異に余計な要素を加えないという意味もあるだろう。理由はどうあれ、そのような語りを経て、彼らは語られる怪異の外側に置かれることになる。

いっぽう、本書では固有名詞こそ隠すものの、あえて少し変わった仮名を使い、また彼らの人物描写も少なからず盛り込んでいる。前述の表現を使うなら、つまり彼らは語りの内側、すなわち怪異の内側にいるということになる。

じっさい、彼ら自身も怪人と言っていい人たちだ。怪異も怪異ならそれに逢うほうも逢うほうという感じだ。だから、怖がりのかたはぜひ安心してほしい。彼らとそれをめぐる怪異について聞いても、それと同じものが自分の身にふりかかるような気分にはならないはずだ。対岸の火事というと言葉が悪いかもしれないが、水族館で分厚いアクリルを通して深海魚を眺めるように、安心していられるはずだ。ぜひ安心していらっしゃい。

さて、そんな怪人たちの露払いとして、また、まえがきにかえて、卑近で恐縮だけれど、ひとつ、わたしの体験談をさせていただきたい。怪異というには、大したことのない話かもしれないが。

プラナリアという生物をご存じだろうか。

生物に関心がある人なら知っているかもしれない。あるいは、名前だけなら聞いたことがあるかもしれない。これは水中に住む生物で、小さく平たい体を持っている。ある理由から生物分野ではとても有名だ。

矢印を思わせる平べったい体に、ぽつんとふたつの目があって、写真で見るとけっこう可愛らしく見えたりもする。とはいえ、実物を見ると、けっこう薄気味の悪いものでもある。

わたしの姉は、これを飼っていた。

飼い始めた理由は、金魚が死んだからだった。

ある日、姉の可愛がっていた金魚が死んだのだ。子供のころの話だ。姉は子供らしくそれを悲しんだ。そして同時に、金魚の死因は、子供によくある飼育上のいくらかの怠慢ではあった。

姉は金魚の葬式の準備をした。感性豊かな姉は、小遣いを集めて花屋で花を買い、大事にしていたきれいなクッキーの小箱を棺として用意した。参列者はわたしと姉だった。

そのとき、沈んだ金魚の死骸《しがい》に、何匹かの見慣れない小さな生物が乗っているのに気が付いた。それは死んだ金魚の上に乗り、白く濁った目玉や、ふくれた腹を食べていた。それがプラナリアだった。正確にはナミウズムシという種類だ。おそらく、水草に交じって水槽に入りこんでいたのだろう。

別にプラナリアが金魚を殺したわけではない。ただ、それは死骸を食《は》んでいただけだ。プラナリアは、飼育するときにはレバーを餌に与えたりするぐらいで、魚の死骸も食う。

親はその生物を薄気味悪がり、さっさと埋めて新しい金魚を買おうと言ったが、姉はそれを拒否した。そして、その日から、プラナリアを金魚の代わりに飼い始めた。

姉がプラナリアにどのような感情を抱いていたか、あまり定かではない。まるで金魚の生まれ変わりのように愛していたようにも思えるし、その一方で容赦なく実験台にもした。

そう。実験台。プラナリアは生物の実験によく使われる。なぜなら、強力な再生能力があるからだ。その再生能力はすさまじく、たとえばプラナリアの胴体を横に切ってふたつにすると、尾のほうからは頭が、頭のほうからは尾が生えてきて二匹になる。三等分すれば、三匹になる。

それだけではない。たとえば頭を縦にふたつに切ると、切り分けられた頭がそれぞれ再生し、頭がふたつになってしまう。やろうと思えば頭を三つにも四つにもできる。いちおう言い添えておくがこれは超常現象などではなく、実在の生物である。

それどころか体が大きくなると、自分の体をふたつに切って分裂してしまう。そんな気味の悪い生物だ。たまに再生に失敗して、尾がなく頭がふたつになったりもするが、彼らにとってはそう大した問題でもないらしい。

姉はその再生実験を、子供向けの科学本か何かで読んだらしく、わたしの前で実演して見せてくれた。姉はプラナリアを容赦なくカッターで切った。水槽の中には、頭がふたつになったり三つになったりしたプラナリアが無数に蠢《うごめ》いていた。金魚はもう食べ尽くされてしまって、なかった。ただ死骸の残滓《ざんし》らしき白い脊椎《せきつい》が砂の上に沈んでいただけだ。今見たらたぶん、気味が悪いと思うのだろうが、子供特有の偏見のなさて、あまり何か感じた記憶はない。

姉はかいがいしく餌の鶏レバーを親にねだり、その不気味な水槽の生物に給仕した。一方で容赦なく水槽の中の個体をとりあげ、切り刻んで頭をふたつにしたり三つにしたりした。

姉があまりに妙なことをしすぎたせいなのか、それとも偶然なのか、そうこうしているうちに水槽の中に妙な個体が多く見られるようになった。いや、頭がたくさんあるのも妙なのだが、それとはまた少し趣が違う。

それは、頭がふたつで尾がふたつ、つまり二匹の個体がくっついてXの形になった個体だった。そういう個体がやけに水槽の中にたくさんいた。姉もこれを不思議がっていた。つまり、それは姉の実験の産物ではなかった。

姉は観察して原因らしきものの仮説を立てた。前述の通り、プラナリアは大きくなると自身の体を切断して再生して増えるのだが、それがうまくいかないらしい。体を切断しきらず、再生した結果、X形の双子のようなプラナリアになるのだ。

姉は面白がっていたが、親はそうではなかった。

前述の通り、プラナリアはそんなに見ていて気持ちのいい生物ではない。分類上はかなり違うのだが、見た目で言うとナメクジなんかが近い。そんなわけで親はプラナリアの飼育を嫌悪していたが、X形の変異個体の増殖で、何かの閾値《いきち》を超えたらしい。

「捨ててきてだって」

姉は言った。姉もそのころはプラナリアに飽きつつあり、捨てるのにそれほど未練はなさそうだった。

「捨てに行こうか」

さて、わたしたちの家の近くにはため池があった。

それは丘のような場所にある人工池なのだが、ほとんど放置されていた。小さな魚がいて、蚊の発生地にこそならなかったものの、雑木が茂った何か不気味な場所だった。

しかし、姉はなぜかその場所をけっこう気に入っていて、たまにわたしを連れて探検に行くことがあった。そこでほかの子供を見かけることもないではなかった。

今から思えば、それはもともと農業用水のため池だったのだろう。しかしわたししたちの住んでいる地域はいわゆるニュータウンのようなところで、農地はそれほど多くはなかった。周辺の宅地開発が進んで田畑が減った結果、ため池だけが残されたのかもしれない。

わたしたちは、そこにプラナリアを捨てることにした。もともと、金魚の水槽に入れていた水草はそこで採ったものだったから、プラナリアもそれにくっ付いてきたのだろう。そんなわけで、もといた場所に返すというのはそれなりに筋の通った行為に感じられた。

わたしたちはプラナリアの入った水槽を持って池に行った。それは子供には少し重く、交替で運んだ。水槽からは独特のいやな臭いがした。何か棺でも運んでいるような心持ちだった。

池に着くと、姉は惜しげもなく水槽の中身を池に流し込んだ。わたしはそれを見ながら、何か言いようのない不安を感じた。あの奇妙な形に変異したプラナリアは、この池でどうなるのだろうか？　それは淘汰《とうた》されてしまうのだろうか、それとも、むしろ繁栄し、この池じゅうが姉の水槽のように多頭のプラナリアで満たされていくのだろうか。それは何かぞっとするような、気分の重くなるような、いやな光景に思えた。

そんなことを思いながら、池を眺めまわしていると、何か不思議なものがいるのに気が付いた。池の中に、何か大きなものが泳いでいるように見えた。

魚だろうか？　いや、この池にはごく小さな魚しかいないはずだ。それに魚にしても大きかった。あれは……なんだろう。水底を、大きな影がゆっくりと、本当にゆっくりと移動している。

水面には無数の落ち葉が浮き、脂ぎったような日光の照り返しも重なり、水の中をのぞき込むのは容易ではなかった。わたしは身をかがめ、ため池のふちに手をついて、水の内側をのぞき込んだ。

そこには藻が煙のように茂っていて、水の奥は見通せない。でも何かいる。その証拠に、藻がゆらゆらと揺れている。風もないのに、完全な止水ではない。何かが水を動かしているのだ。

「どうしたの？　あぶないよ」

姉の声がする。しかしわたしは魅入られたようになり、水中をもっと深くのぞき込もうとした。茂る藻の煙の向こう、何かいる。間違いなくそこに何かがいる。何か――

乾いた音がして、手が宙に浮く。

ばしゃん。

一瞬、何が起こったのかわからなかった。池のふちのコンクリートが、おそらく劣化していたのだろう、崩れたのだ。わたしは頭から水の中に突っ込んだ。

わたしは水泳の心得がなかった。それでもよどんだ水を吸い込みかけて、必死に息を止めた。自分がどんな姿勢かもわからないまま、反転した体を翻そうとあがいた。もがく手足に濡れた服と藻がからんできて、その感触は、まるで誰かにつかまれているように感じられた。わたしはパニックになりつつも、必死に息だけは止め続けていた。

上下すらもあやふやだ。意を決して水中で目を開けた。水の中で目を開けるのは初めてだった。

そのとき、わたしは見た。

水の中にいた、何か大きなものの正体を。

それは、まきあがった泥と水草の奥に横たわっていた。

それは、わたしだった。

水の中にいるいま、はっきり見えた。

それはわたしだった。

それは、間違いなく、わたしの身体だった。

逆さまのわたしの顔。

それは目を閉じて、眠るように水底に横たわっていた。

わたしの身体が水中に寝そべっていた。

それもひとつではない、わたしの身体の奥にも同じ影があり、それもわたしのようだった。その隣にも影があり、それもわたしのようだった。無数のわたしが、池の底に寝そべっていた。まるで霊安室のように——

そこでわたしの記憶は、途切れる——

わたしが目を覚ましたのは、姉がわたしを必死に呼ぶ声によってだった。姉は本当に必死だった。涙で溺《おぼ》れたような顔をしながら、必死にわたしの名を叫んでいた。

もし、そのとき、わたしがその声に答えなかったら。

わたしが彼女の呼び声に応じなかったら。

彼女は多分壊れてしまっていただろう。

＃1　マヨイガ人間

迷いの森、というイメージの最古のものはなんだろう。

そこに入ると必ず迷う、というより、迷わされてしまう。そんな場所のイメージだ。それは人間の本能に根差した根源的なイメージのようなものに思える。

ひと昔前にはテレビゲームの要素として「迷いの森」はよく登場した。たいてい、正しい道順を通らないと元の場所に戻ってしまうギミックとして表現されていた。現実の森なんか知らなかった都会っ子のわたしは、そのデジタルな表現を通して「迷いの森」のイメージをすりこまれた。

有名なところでは、富士の樹海についての都市伝説も「迷いの森」の類型だろう。かの場所では、方位磁石がぐるぐる回って使い物にならないなどとまことしやかに語られた。

そういえば、千葉には八幡《やわた》の藪《やぶ》知らずという神域があって、ここも入ると神隠しに逢うとされているのも有名だ。世界を探せば似たような語られ方をする森がたくさんあることだろう。

おそらく昔の人にとって、森で道に迷うということは、都市に住まう現代人にとってのそれよりもずっと近しい危険だったのだろう。すぐそこにある喪失。その恐怖は神秘性を帯びたイメージとして、人の本能に根を張り、暗い森を知らずに育った現代っ子にも伝わるものになったのだ。


さて、こんな話から始めたところだが、わたしが今いるのは都会も都会、東京だ。詳しい場所は伏せるとして、中央線の北側のどこかと思ってほしい。

とある駅で降りたわたしは、そこで彼を待つ。彼はすぐにやってくる。

「迎えに来たよ」

少しかすれた、明るい男の声が言う。

彼のほうから迎えに来てもらう。彼の家に行くには、これが最適な方法だ。さもないと……まあ、面倒なことになる。

彼は自転車に乗って現れた。

鮫小紋の着流しにギリーブーツというい出で立ちだった。異様だが、長身の彼が着ると何かサマにはなっている。彼こそが今回の、いわば取材相手である。名を仮に逆杜《さかもり》くんとしておこう。

逆杜くんはわたしを拾って、自転車をとって返す。

「後ろに乗る?」

そう提案してくれるが、わたしは断る。逆杜くんの運転はどこか危なっかしい。彼はお世辞にも運動神経がいいタイプではない。わたしみたいな男が乗ったらどうなるか知れない。彼はちょっと残念そうに自転車を降り、歩きのわたしに合わせてくれた。

逆杜くんの自転車は、一言で言うと鵺《ぬえ》のような代物だ。自転車のキメラだ。すべての部品がちぐはぐに組み合わさっている。ハンドルはオレンジ色で、サドルはブルー、それからフレームというのかな、あの軸の部分は蛍光グリーンだ。後輪はシティバイクの細いそれだが、前輪はマウンテンバイク用のものだ。そして荷台はママチャリといったところである。

そうなるには理由があるのだが、それは追い追い語れるだろう。とにかくわたしは、世に二台はなかろうその自転車の後ろを、童子のように愚直に追っていく。道に迷わないように。

こうやって連れてってもらうには理由がある。こうしないと、決まって彼の家の場所を失念し、ぐるぐると疲弊するまで道に迷うことになるのだ。

あなたは、最後に道に迷ったのはいつのことだろうか。

それも、決定的にひどく道に迷ったのは。

スマートフォンが普及してから、道に迷うということは、相対的には貴重な体験になった。気の利いたアプリが案内してくれる現代では、ひどく迷うなんてことも多くはあるまい。もちろん、ひと区画行き過ぎるなんてことは珍しくないだろうが。

決定的に道に迷ったときの、あの、心細いとしか言いようのない感覚、まるで自分が世界の異物になったような、水に浮かぶ脂の膜にでもなったような、あの感覚は、今となってはそれなりの旅をしないと味わえない質のものだ。

わたしが最後にひどく道に迷ったのは。

——あれはいつごろだろうか。夏の暑い日だった。わたしは堤防の上にいた。自転車で川沿いをずうっと走ってきたはずだったが、いつの間にか川沿いは川沿いでも、知らぬ風景が見えるやけに高い堤防にいた。わたしは来た道を引き返す。しかしいくら走っても、知らぬ風景が別の知らぬ風景に置き換わるだけだ。川沿いを走ってきたのだから川から離れなければ帰れるはず、と、子供心に判断していて、さらに知らない場所を走り続ける。熱射病のうわついた感覚がある。ここはどこだ？　もしかしたらやばいのかもしれない。やがて日が傾いてくる。もしかしたらかなりやばいのかもしれない。世界が黄色い。夕方になっている。群れを作る羽虫が汗ばんだ顔にぶつかる。停まって目をこする。コウモリが頭上で舞っている。わたしはふと川の水面を見た。鉛色の襞《ひだ》の輝きの中にそこに何かがあった。それは岩ではない。それは流木ではない。それは機械ではない。それは、そのころのわたしの近眼は今よりひどくなかったから、見えた。見たはずだ。暗がりになりかけた流れに、妙に大きく歪《いびつ》な何かが引っかかっている。白い——

白い――

なんだ、この記憶は――

本当にわたしのものか？――

「ついたよ」

見つめていた後輪の回転が、きゅっ、と止まる。

「着いたよ？」

わたしははっと顔を上げる。逆杜くんの家がある。

逆杜邸は木造の平屋で、一見すると廃屋かと思うようなところだ。家全体を佃煮《つくだに》にしたような外観は、今風の住宅が並ぶエリアでひどく浮いている。

このあたりはそれなりの地価のはずだが、なぜ逆杜くんが若い身空でそんな家にひとり暮らしているのかわたしは知らない。

逆杜邸の門は下のほうを白蟻にあらかた食われていて、宙に浮いているような状態で不思議なバランスを取っている。

「まあ、お茶でも」

古畳の上に円いちゃぶ台がある。逆杜くんは平鍋にたぷたぷに入った麦茶と抹茶碗をもってきて、碗に麦茶をドボドボ注いでくれる。

「先に手洗いを借りるよ」

わたしは座らずに奥に向かう。北東にあたる水回りには、今どきはあまり見かけない種のタイルが張られている。古い建物によくある、不定形の水玉みたいな形のタイルだ。玉砂利を模したものなのだろう。今はもうないわたしの実家のトイレも同じタイル敷きだったのを思い出す。タイルの不規則でぎちぎちした文様が、子供心に不気味だった。今どきの流行の言葉でいうとトライポフォビアというやつか。

洗濯機のあるところには洗濯物の山ができていた。ようするに洗濯機が埋まっていた。Tシャツやスキニージーンズに交じって、浴衣やら甚平やら作務衣《さむえ》やら、時代がかった衣装が目につく。

用を足して戻ってくると、新たに座布団が用意されていた。

「逆杜くん、洗濯したら？」

「服が余ってて、洗濯もバカらしい」

このあいだ和服が大量に入ってきたんだ、と彼は言った。中古の和服はダブついていて、二束三文なんだそうだ。彼はそれを着ては放るようなことをしているらしい。

「服が足りないならいくらでも持っていきたまえよ」

「知らない家紋のついた紋付なんかもらってもな」

「偏った想像力だね。年寄りがユニクロに行かないとでも？　洋服のほうが多いよ」

間に合っていると首を振る。それが断る理由というわけではないが、その種のものには遺品も多く交じっていることだろう。


あらためて逆杜くんの紹介をしておこう。

まず仕事、彼は古物商だ。古物商と一言で言っても、いろいろある。特定の分野の専門家のような人、街で目立つ看板を出している、ブランド物や貴金属を扱う人、もっぱら買取を専門にする人、ブローカー、それから廃棄物業者に近い商いの人。

彼はというと、最後のが近い。

世の中には部屋をカラにする仕事というものがある。今どきは仕事も多かろう。たとえばあるアパートの住人が孤独死したとする。身寄りはない。死体は清掃業者に頼むとして、残るのは遺品の数々だ。大家としては早く部屋を空にしたいわけだ。

遺品のケースばかりでもないらしい。わたしにはちょっとわからないが、世の中には定期的に引っ越しし、その際に所持品のほとんどを放棄し一新するようなライフスタイルの人なんてものもいるそうだ。所持品の管理という作業を人生からなくしてしまうという意図だろうか。

とにかく、そのような作業は買取どころか処理料をとって行われる。そういうものにお宝がある……とわたしのような素人は想像するのだが、そういうことも滅多にあるものではないらしい。古道具屋をのぞく人もなんにでも財布を開くわけではなく、とにかく大半のものは値らしい値などつきはしないのだそうだ。

逆杜くんはそういうものをタダか、あるいはお金をもらうのか、とにかくごっそり引き取って、広い住居を生かしてさばく仕事をしている。ちまちまとネットで売ったり、海外にまとめて売るなど、やり方はあるらしい。

……と、いうのが本人の弁である。わざわざこう書くのは、わたしもそれが全部だとはあまり思っていないからだ。

まあ、逆杜くんのなりわいはここでは本題ではない。本題は別にあった。怪談だ。怪異に関する本をつくることが、今回の用件であった。

「怪談が流行ってるって聞いたけど、本当なんだねえ」

逆杜くんは抹茶碗で麦茶を飲みながら言う。

「そして僕に声がかかることになったと」

逆杜くんはさして興味もなさそうに言う。わたしも気を悪くしたりはしない。

「で、ネタにする怪談を聞きたいんでしょ。まあいくつかはある。自分の体験談だから、どこかで聞いてきたとかじゃない」

「それも聞きたいけど、まず君に関して書く許可が欲しい」

「それ、どういう話？」

「君について書くだけで一本の怪談になるからさ。まずはそれ」

「あることないこと書くわけ？　まあいいけどさ、それで怪談になるのかな」

「まあそうだね。君は怪人で、怪人の話は怪談だ。君はわたしの知る中で五本の指に入る怪人だよ。本当に人間か疑わしい」

「僕みたいなのがあと四人も？」

彼は目を見開く。

「失礼、素で驚いてしまった」

こっちも、言葉の綾で言っただけで、具体的な顔が思い浮かぶわけではない。逆杜くんのような奴がこの世に五人もいられては困る。

「とりあえず本名だけは仮名にしてくれたまえよ。ただでさえ古物なんて、あそこの誰々さんでだいたいつながる業界なんだからさ」

「もちろん」

「仮名……何がいいかな」

「逆杜」

「サカモリ？」

「逆さに杜で、逆杜だ」

「まあ、なんでもいいけど……」

逆杜というのは、これは存在しない苗字だが、そのほうが安全だろう。実在する苗字を仮名として置くのにくらべていささかリアリティを欠くが、リアリティというのはいささか欠いておいたほうがいいこともある。角は欠いていたほうが安全ということだ。彼について語るときは特にそう。刑務所に鉄格子、炭鉱にカナリア、放射線に鉛板、逆杜くんに仮名、いわば安全上の措置というやつだ。

わたしが彼について「ないこと」を書いたとしたら、あるいは「あること」を書かなかったとしたら。それはその種の安全上の措置だと思ってほしい。怪異というのは、文章で読むだけなら安全と言いきれるものでもないからだ。あなたは現に少し、逆杜くんと関わってしまっている。文章を読むという行為は、一般に思われるよりも能動的なものなのだ。あなたは彼の姿を思い描き、彼の声を聞くことになる。そこには手紙を読むのと同じぐらいの精神的な結びつきはある。あるいは、ちょっとお祈りするぐらいの。

想像ついでに逆杜くんの外見にも触れておこう、彼の相貌にはひとつ大きな特徴がある。左右の目の色が少し違うのだ。左目は日本人の大半がそうである濃いどんぐり色だが、右目はヘーゼル、しばしば翻訳文学ではしばみ色と訳されている灰がかった茶色だ。

顔立ちは芥川龍之介に似ている。彼を若くした感じだ。芥川はオッドアイではなかったと思うが、和服を着ているとそっくりではある。

そんな特徴的な顔立ちでありながら、不思議なことに、逆杜くんは人にひどく名前や顔を忘れられやすい。わたしなどは早く覚えたほうで、いつまでたっても彼が判別できない者もいる。

人格のほうはというと、基本的には当たりが柔らかく、付き合いやすいやつだ。たぶん。たぶんというのは、わたしから見える面だけの話だからだ。少々のだらしなさと直截な物言いをのぞけば、わたしの知人の中でも常識的な人格だ。

人格はね。

わたしは、出された麦茶には口をつけられなかった。

「いわくつきの古物の話でも聞きたいのかと思ってたんだけどなあ。ちょうどあるんだよ。ほら、うちの庭に――」

逆杜くんは親切にも怪談をいわば用意してくれていたらしい。何やら惜しそうだ。怪談の採集をしていると、よく見かける態度ではある。

「――ずっと置いていた人形があるんだけど――」

彼が問わず語りにそれを話し始めたときだった。

ぱかんと、机上で音がする。

逆杜くんがさっきまで麦茶を飲んでいた茶碗が、割れた。

「また壊れたね」

「うん。飲み終わるまで待ってくれたから、誠実なやつだ」

逆杜くんはまっぷたつに割れた備前だかの抹茶碗をとりあげ、重ねるようにした。

「ここでもっともいわくつきなのは君だよ」

わたしが言うと、逆杜くんは変に照れたような反応をする。

「庭に出るかね」

彼は割れた抹茶碗を、まるで骨壺でも抱くように丁寧に持ち、立ち上がって縁側に向かう。わたしは玄関から履物を履いて、彼いわくの「庭」に回る。

実際のところ、庭というのは言葉が良すぎる。

ジャンクヤード兼在庫置き場という感じだ。なるほど以前は日本風の庭だったのだろう。今はその残骸があるだけだ。茶色く枯れた松の木、砕けた石灯籠《いしどうろう》、たぶん以前は池の縁だったであろう石組み。椿が辛うじて生き残って、弱々しく葉をつけている。

その庭だった場所が今どう使われているかというと、一角には、割れた陶器が山と積まれている。まるで割腹したかのように、中央からばっかり割れているものがやけに目につく。彼はそこに、新たに割れた抹茶碗をそっと置いた。

かつてなんらかの民具であっただろう錆の塊の積み重なった一角もある。死屍累々《ししるいるい》といった風情だ。

もちろん完全なごみばかりではない。廃材などを重ねて、ちょっとした雨よけのある商品置き場が作られていて、そこには彼の一時的在庫のうち、風雨に耐えうるものが無造作に置かれている。狸の置きものだとか、凝った盆栽鉢だとかそういったものだ。とくに火鉢がいくつも並んでいる。火鉢も古物ではだぶついているものらしい。まあ今どき火鉢を使うのは物好きしかいないだろうし、蒐集するには嵩張りすぎる。売りにくいだろう。

「うちではけっこう出るよ？　メダカを飼ったり小さいハスを育てたりするのに使うみたいだ」

「それは、けっこうなことだね」

「あげようか？　きみもそういうの好きだろ」

「いやいい。置き場がないよ」

不愛想なほど即答した。

彼と付き合うには明確なルールがあるのだ。

がちゃん、と台所のあるあたりから音が聞こえる。

「また割れたね」

「そうだね」

彼にはほかの古物商にはない、特異な才能がある。

それは古物商としては最悪の能力と言ってもいいだろう。だが同時に、逆でもある。モノに嫌われるのだ。

彼の手元に来たモノたちは、不思議とすぐに彼の許を離れていく。あるいは、たんに壊れる。その様子はまるで反発する磁石のようだ。

壊れるだけなら困りものだが、その才能は手放すほうにも発揮される。つまり、売れていくのだ。

わたしは彼のネットオークションの販売物を見たことがある。一般論として、古い陶器などは、飛ぶように売れていくようなものではあまりない。ずっと同じ在庫を出品し続けているような人が多い。それが彼の場合は、とにかく値がつく。売れる。

その様子は、まるでモノが彼の手許から逃げ出そうとしていくかのようで、ただのネットオークションの画面なのに、何か不気味なものを感じたのを覚えている。

「あれ。自転車がないじゃないか」

わたしは玄関先を見た。そこに彼が無造作に、カギもかけずに停めておいたあの鵺みたいな自転車が、いつの間にかない。

「盗まれたね」

「へえ、珍しい。あれはうちの子だと思ってたんだけどなあ」

とくに困った風でもなく彼は言う。さきほど触れたように、彼に所有されたものの多くは、逃げるように売れていくか、たんに壊れる。しかし例外はある。

まれに、彼のところに居着いて彼の所有物になることを選んだように、ずっと彼の手許に残るものもある。そうなると逆に、どんなに安くしても売れないという。売れてもキャンセルされたり、返品されるそうだ。

それが彼いわく「うちの子」である。

これでつぎはぎ自転車の理由がわかったと思う。あれは彼のところに残ることを選んだ自転車のパーツの集合体で、それをくみ上げてこしらえたものなのだ。

付喪神《つくもがみ》なんて言葉が脳裏をよぎる。もしものに人格めいたものがあるとすれば、その中にも「変わり者」がいるわけだ。

「捜さないの？　被害届とか」

「そういう感じじゃないと思うからさ」

何が「そういう感じじゃない」ものか、彼にとっては貴重品なはずの自転車をなくした逆杜くんだが、不思議と惜しそうではない。

「前、人形がおなじようにいなくなったことがある」

逆杜くんは言う。その人形というのは、あまり見かけないが、陶製の赤ちゃんの人形だったという。逆杜くんはそれを無造作に庭に置いておいた。するとある日、老女が庭にふらふらと入り込んでいた。

その老女は、何か糸で引っぱられるように、人形を抱き上げ、持っていったのだそうだ。その老女は人形をあやしながらどこかにいなくなった。逆杜くんはというと、縁側で、その様子を声をかけるでもなくぼんやり見ていたのだという。

「ものとの出会いってあるからさ」

彼はまるでそれがめでたいことのように言った。

登場人物がすべておかしいコントのような話だ。見ようによっては心温まるようにも思うが、わたしはなくなった自転車に何か嫌な予感を持ちながら、逆杜邸を辞去した。

マヨイガという民話をご存じだろうか。

迷い家。それは山中にある幻の家に関する伝承だ。有名な『遠野物語』に記載されているから、それで知っている人も多かろう。

いわく、貧しい男が山中の奥深くに入ったとき、場違いに立派な家に行きつく。人のいる気配はないが、廃屋ではなく、中に入ると膳が並んでおり湯も沸かしてある。明らかに何者かはそこにいる。男は逃げ帰るが、あるとき川上から流れてきた美しい器を拾う。それで雑穀を量ると雑穀が尽きなくなり、家は栄える。

異界から得た品物が富貴をもたらすという民話だ。こちらが有名なほうだが、話にはバリエーションがあるようで、欲張ってマヨイガを家探ししようと人を連れてきたら何も得られなかったというエピソードもある。

何も得られないだけならいいが、もっと悪いパターンもあるのではないだろうか？

異界の品に霊的な富貴をもたらす力があるなら、そしてそれは欲のないものに与えられるというなら、逆に悪意を持ってそれを得たなら、品はやはり悪意でそれに報いるのではないだろうか。民話の「花咲じじい」のラストで、主人公の真似をした隣の老夫婦が罰を受けるように。

そんなことを考えながら足を進めていくと、駅が近づいてきた。

駅まであと数ブロック、そのときだった。

わたしは例の自転車を見つけた。

その自転車は学生風の青年に引かれていた。彼はリュックを背負い、半そでのシャツを羽織ったごく普通の雰囲気だった。全体としては小ぎれいで真面目そうだ。彼が自転車泥棒だとしたら、見かけによらない。

ただ、彼は生傷だらけだった。

横転したのだろうか、肘《ひじ》から腕にかけてひどい擦り傷があった。それから鼻血、短めのズボンから出た脛《すね》にも、浅くはないのだろう裂傷がある。靴下には血が染みていた。

その状態で彼は、途方に暮れたような顔をしながら、自転車を引いて歩いていたのだ。交通事故に遭って頭でも打って呆然自失になっているようにしか見えない。

しかし不思議なことに、少なくはない通行人の誰もが、彼を無視していた。単に不親切というには何かが違った。そう思っているあいだにも、血まみれの彼の肘の横をすれすれに、上品そうな女の人が歩いていった。声をかけるか、さもなくば避けるのが普通だろう。世界地図のような擦り傷なのだ。

わたしは思わず足を止めた。

なんと言うのだろうか、さっきまで漠然と予感したものが、目の前に形をとって現れた、そんな感じだった。わたしは少し逡巡した。どう声をかけたものか、言葉を探す。

わたしがそうしていると、彼のほうもはっとしてわたしを見た。

「あの、すみません。きみ。その自転車だけど……」

「あなたの……ですか？」

血まみれの彼は、白昼夢から覚めたようにはっとわたしを見る。

「知り合いのものだと……たぶん、間違いない」

わたしはその鵺のような自転車を見る。こんなものがふたつとあるわけはない。

「大丈夫かな？」

そう声をかけるが、大丈夫なわけはない。見ればわかった。

「あの、あの家の、あの、人の、知り合いですか」

彼はとぎれとぎれに言った。彼の口の中も血だらけなのがわかった。足のけがも近くで見るとなおのことひどい。

「あの、自転車、かえしたくて、あの」

青年は押し付けるように、例の自転車をぐいと前に出す。

「かえします。かえさせてください」

「それはいいけど。何があったの」

彼は自転車を盗んだことを認めた。

とくに必要のない盗みだったという。そこからは、問わずとも彼は勝手にいろんなことを話してくれた。それは罪の自白というよりも、とにかく吐き出したいみたいだった。血混じりの唾が飛ぶ。

彼は自転車を盗み、それで走り出した。しかしそこからが妙だったという。彼は何度も何度も交通事故に遭ったのだ。まるで見えなくなったように、すべての車が彼を見てもスピードを下げなかったし、同じように他の自転車も真横から平気で突っ込んできた。

トラックに接触されたり、ほかの自転車からまっすぐに衝突されたりしたという。要するに軽いひき逃げに何度もあったわけだ。彼の足のけがは、接触した自転車のスポークが突き刺さったものだった。

ひとしきりの自白を受け、わたしはその自転車を受けとった。

学生風の男は、わたしに自転車を押し付けるみたいにすると、足をひきずるようにして駅のほうに去っていった。通行人はみなぎょっとした顔をして彼を見た。

わたしはため息をつく。

彼はまったく無自覚だったが、自転車に「何か」があることははっきりと認識していたように思う。それならなぜ自転車を放り捨てず、わたしに出会うまでああしていたのか。

あらためて、今はわたしの目の前にある自転車を見る。それはまったく無傷だった。新品みたいだ。むしろ、逆杜くんに乗られていたときよりも、何か新しくなったように見えたのが不気味だった。

わたしはしぶしぶ、逆杜くんの家に引きかえすことにした。と、驚いたことに逆杜くんが背後に立っていた。彼はとくに驚きもせず、わたしの説明を聞く。

「戻ってきちゃったね」

彼は「ああまたものが増えた」という顔をしていた。

「せっかくだし、うちに戻って夕飯でも食べてく？　インスタントラーメンぐらいならあるよ」

「いや、いいよ」

わたしは即断る。

もし、あなたが逆杜くんと関わるとしたら、ひとつ注意すべき点がある。彼の家からは水の一杯でも持ち帰らない。それがコツだ。水ですら、数日間は何くれとなく妙なことが続くだろう。食事などを食べたら、どうなることだろうか。先ほどの彼ほどひどいことにはならないと思いたいが。

「ネタが尽きたらいただくかもしれないけどね」

「なんだよそれ」

「外食なら行くよ」

「外食、好きじゃないんだよな」

すぐ注文を忘れられちゃうから、と彼は続ける。

「後日また来るよ。どのみち、今日のことを忘れないうちに書かないとね。いい怪談になると思う」

「ああうん」

逆杜くんはうなずいて、自転車にまたがる。

「こっちも順調だよ」

＃2　下水道に棲む白い……

下水道にワニが棲んでいる、という都市伝説がある。

これはアメリカ発祥の都市伝説で、いわく、飼われていたワニが逃げ出して都市の下水道に棲みつき、ネズミを食べて生きている。光の当たらない環境のせいで白い体になり、盲目であるとか奇形化しているというようなバリエーションもある。

もちろん、これはあくまで都市伝説であり、実際にアメリカの下水道にワニが住んでいるわけではない。とはいえ、かの国では実際にワニが生息しており、人の生活エリアに入りこむこともあるというから、ワニへの恐怖はある程度リアルなものではあるのだろう。

この都市伝説は日本にも輸入され、怪奇物を扱う本などでとりあげられたこともあったが、あまり定着しなかったようだ。やはり、もともとワニが生息していない日本では、イメージにあまりにもリアリティがなかったからであろう。

とはいえ、日本にワニがいないわけではない。現在、ワニの仲間に関してはペット目的での飼育は規制されているが、違法なペットの輸入や飼育という問題が存在するのも事実であり、無責任な飼い主がペットを捨てたり放流したりするのも事実なのだ。つまり、そういうことがまったく起こらないとも言い切れない。

「ワリのいいバイト見つけたんですよ」

と、彼は言った。

ああまたいつものか、とわたしは思った。

「今度はなんの犯罪の片棒をかつぐわけ」

わたしがそう皮肉を言うと、彼は口をとがらせた。

「別に悪いことしませんよ。世の中の役に立つことをするんです」

仮に裏部くんとしておこう。ウラべくんだ。

彼はお調子者というのだろうか、若者っぽいノリの軽さが特徴的な人物だ。二十代も半ばを過ぎているから言うほど若者でもないが、このご時世では若者で充分通る。

スンナリした顔立ちで、十代と言っても信じそうなほど若くも見える。

幾何学模様がプリントされたTシャツに、四角いスポーツブランドのリュック、ドイツのブランドの複雑な形のサンダル。大学生っぽく見えるだろう。社会人には見えないという意味で。それが彼のその日のいでたちだった。

この裏部くん、何か軽薄さはあるものの人当たりはよく、普通に見えるのだが、何かのセンサーが完全に欠けているタイプだ。うまく言えないのだが、普通の人が立ち止まる所で立ち止まらない、というのだろうか。

もう少し具体的に言うと、怪しげな闇バイトとかに応募してしまうタイプなのである。実際、中身のよくわからない荷物を知らない住所に届ける仕事をしていたこともある。そのやけに高給なバイトは、あるとき、とつぜん上司に電話が通じなくなったそうだ。捕まらなくて何よりである。

それに加えてこの裏部くんは、浪費家というのか、江戸っ子というのか、財布にお金が入っていたら使うタイプなのである。10万あれば女遊びをし、1万あれば飲みに行き、5000円あれば安居酒屋で飲み、2000円あればコンビニで使い果たす。

そういうタイプなので、いつも素寒貧《すかんぴん》だ。

そんな彼がいつも探しているのは「ワリのいいバイト」だ。なるべく楽で、時給が高いほうがいい。彼はバイト募集サイトなんかでは絶対仕事を探さない。そういうところのバイトは、仕組みがしっかりできていて、そんなに美味しい話はない。彼いわく「こき使われる」とのこと。

彼が見つけてくるバイトには、たまに「興味深い」ものがある。だからわたしはちょっとした取材として、彼に付き合うこともやぶさかではないというわけだった。

「害獣駆除ってやつなんですけども」

彼はドリンクバーから一度にふたつのドリンクを持ってきて、コーラと桃ジュースを交互に飲みながら話し始めた。

「ワニが出るっていう通報があったらしいんですよ。何件か。それで駆除する業者さんの手伝いなんです。ワリはいいですし、あっさりワニを捕まえたら仕事しなくても収入が保証されるんで、5万円ぐらいタダでもらえることになってます」

最後の部分が裏部くんの琴線に触れたと見える。

タマゾン川、という言葉がある。

これは多摩川の異名で、多摩川では捨てられた熱帯魚や爬虫類などが野生化しているという。温かい排水があるせいで冬でも生き延びているのだ。

似たようなことは別の川でも起こっているだろう。だから、そのワニというのは熱帯魚のガーなのではないだろうか。ワニのような体形の肉食魚で、大きくなるので無責任に捨てられることが多い。そんなことを考えていると、裏部くんが口を開いた。

「業者の人はでかい熱帯魚か捨てられたカミツキガメかなんかだろうって言ってました。ワンチャン本物のワニの可能性もあるけどって」

「そうだね。可能性は高くない。密輸して違法飼育するマニアもいるらしいけど」

「本物のワニだったらいいのになあ」

裏部くんはドリンクバーからドクターペッパーと桃ジュースを持ってきてテーブルに置いた。

「皮をはげば靴とか作れるじゃないですか。食べられるし、ワニがいいですね。大きいほどいいです」

「下水道に棲んでるワニを食べるわけ」

「臭いですかねー」

さほどの関心もなさそうに裏部くんは言う。彼がワニから皮を剥いでそれから靴を作る工程をどんなふうにとらえているのかわたしには想像しかねる。若さゆえなのか、彼は物事の順序というのをやたら簡単に考えすぎる。若さだけでもないだろう。とはいえ、そのへんを指摘するのも面倒だ。

「なんかワリのいい仕事ないかなー。いいですよね物書きって、適当にちゃっちゃっと書くとお金貰えるからラクで」

「そんな単純な話だったらさあ」

だいたいこうして取材をしているではないか。

「から揚げも頼んでいいですか？」

彼はそう質問しながらすでにから揚げを注文している。いいよ、という前に注文ボタンを押していた。まあしかし、彼のような人間は今どきの上品な若者たちの中では貴重だろう。ともすれば、社会に必要な人格なのかもしれない。

それに、愚痴を書きはしたが、前述の通り、彼のアルバイト話は本当に妙なものが多く、いわばネタになるのだった。彼の選ぶアルバイトは必ず何かがおかしい。

それがどうおかしいかというと言葉にしづらいのだが、それらの案件が発する、普通避けるべき何か、一般的な言葉で言えば「うさんくささ」と呼ばれるようなものに、彼は真っすぐ向かっていく。そのさまは、蝶や蛾が人間には感知できない匂いに惹かれ、幼虫の餌となる決まった植物に卵を産み付けるような風情である。つまりある種の本能に近いものなのだろう。

とくに今回の「害獣駆除のバイト」はアタリの匂いがした。たんにわたしの勘だが、惹かれるものがあった。

「明後日からワニ探しのバイトなんですよ」

その害獣駆除は当初予期されたよりも長丁場になるという。二度目に会ったとき、彼はそう言った。

「まあお金貰えるからいいんですけどね。時給はけっこう高いです」

当然だが、害獣駆除の仕事の中でもワニ探しなんて異例のことで、ノウハウがない業者と自治体も何かと手探りらしい。

初めの彼の仕事は、ワニが出たとされた地域の川の分岐点をはじめとした各所にカメラを仕掛けることだった。カメラに映ったものがなんであれ、種類と位置がわかれば罠などやりようはあるということらしい。ともすれば、駆除しなくていいという結論になることもありえた。

その後の彼の仕事は、えんえんとその動画を見て、何かそれらしいものがないか探すことだった。当たり前だが大半の映像はただ汚い水が流れているだけで、たまに動くものがいてもコイやらアカミミガメやらだったそうだ。それらの動画が無数にあるわけで、それらを延々と早回しで見ることに彼は早くもうんざりしていた。

「代わりにやりませんか？　退屈で」

裏部くんはわたしに代打まで頼む始末だ。

「それに。どさくさに紛れてスズメバチの駆除もやらされたんですよ」

とのこと。その業者がやっている別件の駆除にも同時進行で駆り出され、箒で死んだスズメバチを集めたという。あまり知らなかったが、この手の駆除の仕事は増えているのだそうだ。地方で人がいなくなり、手の入らなくなったエリアが増え、放置された土地や建物が多くなったことが主な要因らしい。

「僕はワニ退治に雇われたのに、なんでスズメバチの駆除までしなきゃいけないんですか」

と、まるで被害者のように愚痴る裏部くん。気持ちはわからなくもないが、自分が経営者ならあまり彼を雇いたくはないな、などとわたしは口に出さないまでも思った。

その後はさして面白くもない裏部くんの愚痴を聞かされることになったわけだが、わたしは鷹揚にかまえることにしていた。愚痴を聞くことで彼がこの仕事を投げ出さない（無論、彼はとてもよく仕事を投げ出す）なら安いものである。どうせもっと面白いことになるのだから。

〉なんか変なのが出ました。

　と、裏部くんがメッセージを送って来たのはおよそ二週間後のことだった。わたしは初めなんのことかわからなかったが、続いて画像が送られてきた。

〉これですけど、なんだかわかります？

　裏部くんが送ってきた画像は、動画の画面を端末のカメラで斜めから撮影したものだった。当然、しごく見づらい。動画を拡大したスクリーンショットを用意するような丁寧さは彼にはないし、仕事上の守秘義務の可能性などももちろん彼の頭にはない。たぶん雇い主に確認もしてないだろう。

　とにかくわたしはその得体の知れないものを凝視した。それはおそらく雨水か何かを川に流し込むための吐水口の写真だった。橋の下なのかやけに暗い。コンクリートの四角い大口に、泥の流れたような黒い跡がある。その黒い跡の上に、何か白い大きなものがあるのが見えた。

それがなんなのかはわからないが、何でないかはわかる。魚やアライグマではあるまい。それよりも大きい。吐水口の正確なサイズはわからないが、目を凝らすと汚水跡のなかにタバコの残骸らしきものが目についた。あの白いフィルターは腐らないのだ。そこから推定した白いものの大きさは、それこそ、小型のワニぐらい。

わたしは興奮し、ぜひ動画を見たいと思った。しかし裏部くんは動画は無理そうだと言う。彼はしばしのち、休憩中だと言ってわたしに短い通話をかけてきた。

「パソコンよくわかんないんですよ」

動画のコピーぐらい簡単にできるだろうと思ったのだが、彼はそう言った。スマホ世代は案外PCにうといのだ。食い下がっても仕方なさそうだった。まあ面倒なのだろう。

あまり時間がないので、わたしは映っているものの詳細を訊いた。受け取った写真だと質感がよくわからない。

「でかい水ギョーザみたいですね。ゆっくり動いてて」

はあ、とわたしは相槌ともため息ともつかない返答をした。

細かい部分を訊いてみても、もとのカメラの解像度も大したものではないらしい。そこを差し引いても彼は水餃子に似ていると主張して譲らなかった。水餃子、水餃子と何度も言われても困る。つまり「ヌルヌルしていて」「白い」「動く」ということは確からしい。

「どのみち捕まえられるかもしれないですよ。いま、社長がそこ見に行ってるんで」

のちに受け取った追伸によれば、そこには何もいなかったという。ただ、何かが這ったような痕跡があり、泥が捲れていたのは確かなようだ、と。彼はだいたいそんなようなことを言う。

「本格的な捕獲作戦をこれから開始します」

我が物顔でそう言う裏部くん。

三度目に会ったとき、裏部くんは臭かった。

体臭というわけではない。なんと彼は「駆除作戦」が終わってから、そのままわたしに会いにファミレスにやってきたのだ。

まだ彼の体についた泥は湿っていた。乾いてくれれば多少ましになると思われたが、なんにせよヘドロ臭だ。彼の背後の席にいて騒がしかった長居の女性グループがこちらを見て何か囁きあっている。わたしはとりあえずあいまいな笑顔を向けたが、無視された。

ただ泥臭いにおいだけではなかった。やがてそこに、得体の知れないにおいが混じっているのがわかる。これを形容するのは難しい。バニラとステーキと麝香《じゃこう》を混ぜたようなものにわたしには感じられた。それが混じって漂ってくるので、なおさら得体が知れない。

「新品だったのに、台無しですよ!」

席についた彼は言った。

台無しなのは服のことだった。彼は有名スポーツブランドのTシャツにジャージといういで立ちだったが、そのTシャツは白かったので悲惨だった。泥だらけになる可能性があるときに新品の白い服を避けるような計画性は彼にはない。

食欲がわかないまでも、とにかく注文を済ませてから、彼に事情を聞く。

「ほんとに水ギョーザみたいなのでしたよ」

彼はそう言って端末の画面を見せてくる。

そこにはつぶれた、真っ白な粘質の物体が映っていた。それはたしかに水餃子のようだった。しかし単にその形というわけではなく、でたらめに手足のような、あるいは短い触手のようなものが分岐している。いびつな腫瘍のような、初期の胎児のような、そんな得体の知れない代物だった。

踏みつぶされたようで、足跡がつき、河原とおぼしき石の上に、あんみつの固形の部分を刻んだような内容物をまき散らしていた。

「何、これ」

「なんなんですかね。僕も訊こうと思ってたんですよ」

その日、晴れがつづいて吐水口は開いた状態だった。大柄な駆除業者の社長に代わって、裏部くんはその中に入るはめになったそうだ。ぎりぎり入れる程度の空間の奥を照らすと、それがいた。

それは奥にある鉄柵の手前にいた。そして懐中電灯の光のなかで、怯えるように蠢いたという。短い手足、便宜上手足としておこう。それをばたつかせ、匍匐《ほふく》に近い姿勢をとっていた裏部くんの顔に泥を跳ね飛ばした。

彼は躊躇《ちゅうちょ》なくとって返し、用意していたタモを突っこんだ。タモの枠が鉄柵に当たる音がする。それはあっさりと捕らえられ、引きずり出された。

「ひいっ」

社長は子供のような悲鳴をあげたという。

それは網の中でばたつき、そこからまろび出た。そして意外な俊敏さで、すがりつくように裏部くんの足に近づく。

その瞬間、彼は躊躇なく、それを踏みつぶしたという。

「なんで踏みつぶすんだよ……」

「だって気持ち悪いじゃないですか」

「もったいない」

それがわたしの素直な感想だった。それがなんなのかわからないが、少なくとも珍しいことは間違いない。そんな珍しいものをあたら踏みつぶしやがって、と、正体不明の腹立ちを覚えた。

わたしの勝手な腹立ちはともかく、そこからは事務的に事は運んだ。とにかくその生物らしきものを回収し、役所に持っていった。それの死骸は異様なまでの芳香を発し、道中、駆除業者のバンの車内をむせかえるような香りで満たしたという。

役所の係員は顔を引きつらせながらもその死骸を受けとったという。それが「ワニ」の正体だったという。とにかくそういうことになった。他に落とし所もないだろう。

「それが君についたにおいなわけか」

ヘドロが乾いてきたせいか、その芳香はますます目立ってきた。不思議なことに、わたしには前述の通り「バニラとステーキと麝香」の香りに感じられるそれは、裏部くんに言わせると「バナナと◯◯（性器）」のにおいに感じるという。

「しかし、ほんとになんだったんでしょうね。あれ？」

裏部くんは言う。

もちろんわからない。だが、わたしの知識の中には、ひとつ、それに近いものが存在した。

それは、太歳神《たいさいじん》。太歳または太歳神、あるいは太歳星君、それは中国や日本に伝わる神とそれを取り巻く信仰だ。

太歳というのは古代中国の天文学で木星のこと、あるいは木星と逆の運行をする仮説上の惑星、つまり星なのだが、民間信仰や陰陽道ではもっと奇妙な解釈をされている。それは、木星の運行に従って土中を移動する肉の塊、だというのだ。なぜこんな突飛な観念が生まれるのかわからないが、そのような伝説があるのだから仕方がない。

この肉の塊である「太歳」は祟り神であり、掘り起こすことは凶事の前触れとなっている。土木工事の際などに土中から肉の塊のようなものが出てきたら、のちに一族が全滅したり天変地異が起こる、などとされている。また、同時にそれは不老長寿の霊薬でもあり、食べると不老不死になるというわれもある。そして、芳香を発するとされている。何が何やらという感じだ。

昔あるオカルトメディアで、実際にこの「太歳」らしきものが発見されたという記事を読んだことがある。写真もあった。それは歪なボールのような形で、濡れていた。記事の全体は記憶にないが、傷をつけると粘液を出し、やがて傷は再生したという。

記事には科学的な見解として、粘菌の菌核ではないか、という説が紹介されていた。

そのような巨大な粘菌は知られていないはずである。とはいえ、マツホドというキノコの一種は土中に巨大な菌核を作る。茯苓《ぶくりょう》という名で生薬にもなり、食べることもできる。つまりそんなのがあるから、絶対あり得ないともいいきれまい。菌類説は太歳の科学的な説明の中でも有力なものだ。ただ、茯苓については実物をかじったことがあるが、香りらしい香りはさほどなかった。

余談として、これはわたしの素人考えのいわば珍説なのだが、この芳香についての伝説には龍涎香《りゅうぜんこう》が混同されているのでは？　などと考えてみたりもしたことがある。これはマッコウクジラの体内にできる結石で、香の材料として珍重され、時には破格の値がつく。薬効もあるとされている。むろん海のものだが、見た目は奇怪な岩石のようなので、陸路で伝わったそれをもとに中国人はそんな伝説をこしらえたのではないか？　などと考えた。無論、さほど根拠などないが。

話がそれた。とにかくわたしはこの奇妙なものから、伝説上の「太歳」を想像したのだ。

「見てきたように言いますね」
わたしの長々した説明に、裏部くんは興味なさそうに答えた。

——そう。見てきたように。

わたしはそんなものをどこかで見たことがある。子供のころだ。それは土の中に埋まっていた。わたしは落ち葉が収縮するようにゆっくりと上下したのを見た。木の枝を拾い、落ち葉をよけると、柔らかくこんもりとした土があった。土は掘り返されたようで、もそもそとゆっくり動いていた。石で土を剥がすように掘ると、硬いものに当たった。白いものが現れた。それは濡れていて、白かった。それは骨のように見える。表面に小さな穴がいくつか開いていた。掘り広げていくと、血のにじむ赤い組織があり、透けた膜のようなものがあった。角のようなものがあった。異様な臭いが鼻をついた。そのとき、それの表面が部分的に開いた。そこには黒く透明な半球があった。白目のない目玉だ。それは動いた。クレイアニメのような断続的で不自然な動きだった。それは喋った。うめき声だったが。なぜか理解はできた。それは——

なんだ——
自分は何を思い出しているんだ——

「大丈夫ですか？」

はっと白昼夢から覚める。

裏部くんに言わせると、わたしはじっと机上を見つめていたらしい。まるでのぞき込むように空のコップを見ていたそうだ。彼から病院に行ったほうがいいのではと真剣に勧められた。彼に心配されるとは、相当だったのだろう。

なんだか毒気が抜けてしまった。

白昼夢からはっと覚めたら、現実のほうがなんだか色の薄い、芝居めいたものに感じられてきた。とりあえず原稿は書けるだろう。それで仕事にはなる。必要充分だ。

「まあなんとなく面白かったからいいです」

一連の怪事件に、彼はそんな感想を述べた。その後、裏部くんは少し色をつけた金額を受けとり、なぜか口止めされたという。口止めも何ももう話してますよ、と言うと、社長はめんどくさそうに「知らん、とりあえずネットにはあげるな。役所から釘を刺された」と言ったという。

その後、何かニュースにでもなるのではないかと、わたしは思い出すたびに気にしたりして、一度は役所にも問い合わせてみたが、情報は何ひとつ得られなかった。問い合わせはまるで私が無言電話でもかけたかのように切られてしまった。

あの奇妙な生物を、役所は単に処理してしまったのだろうか？　せめて大学に引き渡して検査でもしてもらうべきだったと思うが、あまり期待もできない。単にゴミ袋に放り込まれたかもしれない。つまり惜しいことに、続報は、何もない。

なんにせよ、裏部くんはそれを踏んづけ、なおかつ役所に渡してしまった。祟り神かもしれないし、不老長寿の霊薬かもしれないものをだ。

不老長寿はまあいいとして、凶事の先触れでないといいが。

#3 皮膚の下のかみおとこ

「何飲む？　コーヒー？　ここ色々あるからさ」

反後《たんご》はわたしが腰かけると同時に、蛇腹折りのメニューを開いてよこした。そこにはコーヒーの産地名と、香りの特徴が細やかに書かれていた。

東京某所、地価が高いことで知られたエリアだ。その一角にある個人経営の喫茶店にわたしはいた。それが取材の指定された場所だった。昭和レトロをイメージしたインテリアの店だ。もっとも、実際の昭和初期の喫茶店は、もっとうす暗く、タバコの煙が立ちこめる空間であって、つまりこんなではない。

和服に前掛けというでたちの、シニョンの女性が水をもって注文を取りに来てくれた。わたしはまだ注文を決めていなかった。コーヒーの産地を気にしたことはあまりない。せいぜい酸っぱいのと苦いのがあるという程度の認識だ。

他の客は、上品そうな女性グループと、ノートパソコンを熱心にのぞき込んでいるカジュアル服の青年だけだった。そんな静かな空間に、反後の張りのある声がひびく。

「値段は気にしなくていいよ。そんなの。出すからさ」

子供扱いするような口調だった。わたしはメニューの中から聞きおぼえのない地名を指さした。ブラックカラントの香りがあるコーヒーだと書いてある。ブラックカラントってなんだ？　ああ、黒すぐりか、黒すぐりと書いてあればすぐわかるのだが。一般にはカシスのほうが知られているだろう。

反後がメニューを逆さから読んで、わたしが指さしたそのアフリカのどこかの名を言って、コーヒーを注文する。

「お姉ちゃんはお金あるから。あんたよりは。ケーキはいらないの？」

どうも、やりづらいな。わたしは、ぼんやりとメニューをながめる。パッションフルーツ味のココナッツゼリーには正直、心を引かれたが、取材をするわたしが横でぱくぱくとゼリーを食っていたらどうかというところだ。

何しろこれから、反後のクライアントがここに来るのである。正体不明の怪異に蝕まれ、彼女に助けを請うために。

「おっそいなあ。そんなだから憑かれるんだよ」

反後は腕時計のターコイズブルーの盤面を指さす。わたしが聞いた時間から七分ほど遅れていた。時間的だらしなさといわゆる霊障の受けやすさにどのような関係があるかは定かではない。

彼女は濃いグレーのスーツ姿で、髪はバックスタイルにしていた。バッグは高級そうな作りで、金の南京錠がついていた。いずれも安くはないのだろうが、うといので判別はつきかねた。なんにせよ、それだけなら身なりのいい女性というだけだが、腕時計と反対側の手首には、折り返しに巻いた細い数珠と、なんらかの生物由来の素材でできた護符のようなものがあった。

「あ、近いね。もうすぐ来る」

彼女は護符を握りしめて、顔をしかめた。

「うわっ」

はっきりした彼女の目鼻立ちが、嫌悪の形に歪む。

「こら、やばいわ」

そして彼女の予告通り「顧客」はすぐに現れた。

「初めまして、○○さんですね。こちらです」

金髪の若い女性が店内に入ってきたとき、いかなる理由か、すぐに彼女がそうだと判別できたようだ。彼女は店の入り口で出迎え、こなれた仕草で席まで案内し、名刺入れを取り出した。

わたしはというと、その間ぼんやりしていて、彼女が歩み寄ってきたときに、あわてて立ち上がり、会釈をした。水商売風の女性だった。季節に合わないパーカーを着て、パイナップルみたいな香水の匂いがした。顔には、化粧でも隠しきれていない疲労の跡がある。

「こちらにどうぞ」

反後は席を示す。

「あ、どうも」

「どうもこんにちは」

わたしは頭を下げる。向こうはわたしのことなど意に介さず、席につく。わたしのものだったはずのコーヒーは彼女に飲まれてしまった。

反後が名刺を出す。金髪の女性は名刺を片手で受け取った。横柄というよりは単にその手の作法に慣れていないように見受けられた。気にする様子もなく、反後は革製のバインダーを取り出す。

「まず見積書を作成しますので」

「見積書」

金髪の女性は繰り返す。

「霊能者ってそういうものなんですか？」

「ほかの業者さんは知りませんが、うちではそうしております」

書類は後で見せてもらうことができた。中に納まっていたのは、見積書と契約書、それから問診票のような書類だった。

上に「御見積書」と書かれた書類のほうは、一見、工務店か何かの見積もりのような書式だが、「費用」項目には「鑑定料」などというまだ了解可能な項目のあとに「御供物代」だとか「儀式一回分」とかが並んでいる。

問診票のような書類には、心身の状態や具体的な出来事を書き込む広い空白があったが、その下には「症状：□身体症　□憑依　□悪夢　□異音　□物質化……etc.」というような項目や「原因：□心因　□死霊　□生霊　□神罰　□邪神……etc.」のような項目が並ぶ。契約書は、法律にうといわたしには理解しかねたが、おおむね免責事項に関するものだった。

「着手まで一切料金はいただきませんから、ご安心ください」

不安そうにしている依頼人に、反後は笑顔でそう言う。だが、おそらく、彼女が不安に思っているのはそういう部分ではないだろうと思われた。

「もちろんほかの『業者』さんと相見積もりを取っていただいて構いません。ただ、同時に複数に依頼することは慎んでください。いいですね。他の業者さんがいらっしゃる時点でこちらとしては状況に関わらず、ええと、手を引くという形になります」

霊能者に依頼するときに相見積もりをする客がいるのか、わたしは寡聞《かぶん》にして知らない。

「見えないものが嚙むんです」

依頼人は、そう話を切り出した。

「ああ、そう」

反後はさして興味なさそうにあいづちを打つ。

「見せて」

「もう、長袖しか着られないです」

彼女はさっと腕をまくって見せた。痩せた血色の悪い腕に、いくつも（）の形のあざが浮かんでいた。たしかにそれは歯形に見える。内出血の跡に、破線のような歯の痕跡が見える。それらは紫色になっていた。

「自分で噛んだって思ってるでしょう」

その歯形と、彼女の口を見比べていると、そう言った。わたしは首を振る。おそらく自傷ではない。すくなくともわたしは、自分の肘に噛みつくことはできない。もっとも、彼女はわたしが信じようが信じまいがどうでもいいようで、睨むように反後を見つめていた。

「いつからですか」

「えっと……3週……1か月かな、そのくらいです」

「原因に思い当たることはありますか」

「……えっと」

依頼人は言いよどむ。

「隠してもロクなことにならない。言っとくけど、なんの因果もなしにそんなのが憑くことはそうそうないんですよ」

「おじさんが……いや、親戚のとかじゃなくて、知らないおじさんで、仕事の帰りに。たぶんホームレスだと思うんですけど」

彼女がとつとつと話した内容は、だいたい以下のようなことだった。彼女は水商売をしていて、たまたま不快な客に当たったとかで、その日ひどく不機嫌だった。そのうえ仕事場でちょっとした嫌がらせにあい、もめ事にからんで終電を逃したという。

タクシーを呼ぶか、それとも適当な場所で夜を明かすか、と考えながら歩いていると、年老いたホームレスの男性と出くわした。そのホームレスがたまたま、その日の不愉快な客に似ていたのだと言い訳にもならない前置きをして、彼女は彼に絡み、こっちを見ただとか難癖をつけたのだという。

依頼人は詳細を言いたがらなかったが、反後が凄んで、細部を説明させた。そのホームレスに彼女がしたことは、難癖というには少々ひどすぎるものだった。単純に暴力だった。相手の男性は足が不自由らしく、片足がほとんど曲げられなかったらしい。それをいいことに殴ったり罵倒したりして憂さを晴らしたという。酒癖が悪いのか、もともとの性格なのかわからないが、弁護のしようがない。

「そのおじさんが、こっちを睨んできて」

「そら睨むわ」

反後も呆れた様子だった。

「それだけじゃなくて、そのおじさん、腕を嚙んだんです、私の腕じゃないです。自分で自分の腕をこう」

彼女は自分の腕を嚙む真似をする。それでわかったが、やはり歯形と彼女の歯は一致しない。大きさがふた回りは違う。

「すごい嚙み方で、腕が赤くなって、血がぼたぼたって。そうしながら、ずっと私を睨んでるんですよ。そんでぶつぶつ何か言ってるんです。逃げたんですけど、明るい通りに出てタクシー拾って、すぐ逃げられたんですけど。その間もずっと睨まれてる感じがして。タクシーから降りたら……」

「続けて」

反後はバインダーを立て、依頼人に見えないようにいくつか書き込んだ。

「足に歯形がついてて……」

「それから始まったわけね」

依頼人はうなずく。とにかくそれ以降、体のいたるところを「何かに噛まれる」という。それは前ぶれなく起こると——

「ほら！　見て！　これ」

依頼人は顔を歪ませながら、すばやくパーカーのジッパーを下ろし、肩を見せた。キャミソールの紐の横、鎖骨の上あたり。そこにたしかに見えた。目の前で、何もないはずの場所にうっすらと歯形が浮かび、それは目の前で赤く腫れあがってくる。

反後は平然とそれを見ていた。そして何か書きこんだ。

「神社とかお寺とか、行ったんですけど。お祓いとか」

「なんて言われた？」

「精神科に行ってくださいって。優しく言われました」

「行った？」

「一応……」

「薬を飲んでも効かなかったのね」

依頼人はむっとした顔をする。

「……じゃなかったら来ませんよ。最低料金が十万でしたっけ。反後さん」

「そうね。でも今は無料相談タイムだから」

「保険とか使えないですよね」

「使えるわけないでしょ」

反後は笑い、依頼人はますますむっとする。わたしは似た都市伝説をひとつ、知っている。

マイナーな都市伝説なので、その手の話が好きな人でもなければ知らないだろう。

それは「噛み男」などと呼ばれ、海外で起こった事件とされている。この手の話にしては珍しく、時期と場所はやけに具体的で、1951年の5月、マニラの出来事だという。そこで若い女性が「誰かに全身を噛まれている」と主張したという。

警察はそれを信じなかったが、けっきょく彼女を保護した。しかし警察の保護下にあるにも関わらず、彼女は「黒い何かに噛まれている」と言い出し、その腕に噛み跡がつぎつぎに現れたという。噛み跡には悪臭を放つ唾液のようなものがついていた。

しかし噛んだ何者かの姿は警官たちには見えない。警官たちは彼女を保護するため独房に入れることにした。そののち、独房から叫び声が聞こえ、警官が見に行くと、彼女が喉から血を流して倒れていた……。と、おおむねこのような話だ。

クリーピーパスタと呼ばれる、ネット上で流布されている怪談だ。いわゆるコピペで広がるので、この手の話の大元を調べるのは簡単ではないことが多い。英語での記述も見つかるので、日本には訳されて輸入された形になるだろう。1997年に発売されたとあるゲームにこの話をもとにしたキャラクターが出てくるので、少なくともその時期には日本のネットに紹介されていたはずだ。そういう意味では「ネットの怖い話」の中ではけっこう古株ということになろう。

そんな「嚙み男」に酷似した現象が目の前で起こっている。ただ、見えない何者かがここにいて、彼女を嚙んでいる、という感じはしない。それに当人も、見えない実体がいるという主張はしていない。

別の仮説も考えられる。

そういえば聖痕現象というものがあると聞いたことがある。これは見えない嚙み男よりはもう少し現実味がある。おもにキリスト教圏で報告される事例で、熱心な信者などが、しばしば宗教体験を伴って、キリストが釘を打たれたという手足や、槍で刺されたという脇腹から出血するという話だ。

これも諸説あり、奇跡という解釈から、単なる捏造というケースもあるそうだが、特殊な精神状態からくるもの、という解釈もある。つまり強い精神的なことがらが肉体的にも現れる、という考えだ。突飛なようだが、精神的な原因によって肉体的な結果がもたらされること自体はありふれている。

そうなると、つまり依頼人の強い自己暗示や罪の意識から、このような現象が現れた、という判断はできる。もっとも、目の前の依頼人は、反省の色などなく、反後を睨みつけるようにしているのだが。

あるいは……寄生虫。

寄生中の中には皮下を這いまわるものがある。噛み跡のような跡を作る寄生虫は聞いたことがないが、寄生虫というのはまだ未発見のものすら数多くいるはずだ。

寄生虫症はしばしば複雑な病態を起こす。その理由のひとつとして、彼らの受け身な生命サイクルにおいて、しばしば手違いが起こることがある。たとえば本来は別の宿主に寄生する寄生虫が、何かのはずみで人間に寄生してしまったり、あるいは体内で本来住むべき場所でない場所に行ってしまうなどの現象だ。その結果、脳や目玉に虫が入りこんだり……なんてことも起こる。少なくとも、皮膚の下を寄生虫が這いまわってみみずばれを起こす症例は実在するのだ。

と、わたしが知識を総動員し、目の前の怪異を解釈しようとしているあいだ、反後は黙って何かをメモしていた。そして冷めかけたコーヒーを一気飲みすると、言った。

「手、見せてくれる。両手」

「こうですか？」

「手相見るんじゃないの。パーのままで合わせて」

依頼人は不思議そうにしながらも、言うがまま手を合わせる。

反後はその両手首をつかむ。依頼人が怯んでも、意に介さない。

「深呼吸して。力抜いて。まだ力入っている」

「そう言われても」

「いったん頭カラにして。悪いようにはしない。テーブルに肘おいて」

反後は彼女の両手をさすりながら、短い経文のようなものをくり返し唱え出した。

密教系のように思えたが、知識がない。

やがて、彼女の合わせた手の、その薬指だけが激しく動き出す。

薬指だけが、まるで痙攣《けいれん》するかのように左右に小刻みに動いているのだ。なかなか
意図してできるような動作にも見えない。

「ふむ」

反後は一体何を判断しているのだろう。自分は怪談や都市伝説を多少は知っている

ほうだが、それだけだ。率直に言って、その知識も大したものではないし、いわゆる霊感もない。こういう「実務」については何も知らない。

「そのまま動かないで」

反後は続いて、依頼人の額に添えるようにそっと手をかける。指で撫でるようにされると、彼女は不思議と赤子のような安らかな表情になった。

「足の先に意識を集中して。足の先の感覚に。そう。それで、それから足首に、集中する場所をゆっくり上げていって。ゆっくり足の先から、ゆっくりおなかに、頭のほうに」

しばし彼女は目をとじたまま、ゆっくりと深い息をしていたが、やがて顔をひきつらせ、びくりとする。

「どっかで引っかかる？」

「背中の……」

「へそより下？　上？」

「上かな……」

「その引っかかる場所に意識を集中して」

しばしの沈黙の後、依頼人は口を開く。

「何か、すごくいやな感じがする……」

「どんな感じ」

「歯医者で待ってるときみたいな。それのすごく濃い、強い感じ。ここに居たくない、みたいな。やだ。やめて」

「五秒耐えなさい」

反後は彼女の目に指をやり、まぶたをこじ開けた。

依頼人の目玉は左右別々の方向を向いていた。それはグルグルと回転したり、左右に振り子のように揺れたりした。左右がてんでんばらばらの動きだ。早回しで録画したカメレオンのようだ。これも、演技でできるようには見えない。

反後は、その光景を見て小さくため息をつく。

反後は書類に短く何か書きこむ。

そのあいだ、依頼人はぼんやりとしていた。何か寝ぼけているような表情だったが、だんだん正気づいてきたのか、表情に警戒心や猜疑心のようなものが戻ってきているように見えた。

そんな依頼人の前に、反後は「見積書」を置いた。

「250万円ですね」

「はあ?」

依頼人は一瞬、あっけにとられた顔をして、それから虎のような表情になった。全体として一気にしゃっきりしたと言える。こんな状況でも、大金というのは格別の霊力があるようだ。

「バカにしてるわけ?」

「ふざけてはいません。うちはあくまで見積もりを出している。好きにすればいい。うちは250万円以下でこれを引き受けることはできません」

「払えませんよ」

「その一、私はボランティアではない。その二、本気ならどうにかなる。そのプラダ売るだけでも5万ぐらいにはなるでしょ」

反後は依頼人のバッグをアゴで示す。依頼人は、子供でもかばうようにバッグを抱きかかえた。

「何言ってんの。値踏みしやがって」

「身を切るのがイヤならご両親に相談してみたら？　ご実家の銀色のレクサス売れば片がつくわよ。去年買ったやつ」

「な、なんで……」

「たまたま見えただけ。本気になればやりようはあるって言ってるの。それで、これは本気でやらないとどうにもできない。もちろん、イヤなら無理強いはしない。考えて決めればいい。うちの見積もりはこれ」

「……」

「お金かけたくないなら、その、あんたが失礼をした人、捜して謝ってみたら？　ワンチャン助かるか軽くなるかもよ」

「誰がそんなこと！」

「よくその状況で減らず口叩けるね。そこだけは大したもん」

依頼人は明らかに混乱しつつも、席を立つ。そしてしばらく迷ってから、見積書を持って帰った。


「さて、場所変えよ。ね。ケーキでも食べようか」

反後は素早く立ち上がり、会計を済ませた。わたしはコーヒーの香りに後ろ髪を引かれつつ、反後のあとについて店を退散した。店員も、ほかの客たちも、明らかに不審がっていたが、それを表に出さないようつとめていた。上品な人たちだ。

反後につづいて大通りを数ブロック歩き、洋菓子の店に入った。自分ひとりだったら気後れして入れないような店だ。店名はフランス語だということだけは理解できた。イートインの席には革張りの椅子が設えられ、テーブルにはクロスがかかっていた。

「あんなやっぱいの久々だわ」

多様なフルーツが載った工芸品のようなケーキが運ばれてくる。それを無造作に突き刺しつつ、反後は言った。

「霊障がどうとか言う依頼人の十回に九回は気のせいなのよ。はっきり言って。本物の憑き物なんか年にいくつもない」

「なるほど」

「そう言う人には気休めにお祓いとかのお芝居をしてあげるの。それが『最低料金の10万』でやること。もちろんちゃんとはやってあげるけどね。実効的な意味はない」

「今回は本物だった」

「そう。しかも別格のやつ」

わたしがどこからフォークを刺すべきか迷うようなケーキに気を取られていると、反後は話を続けた。

「多分、あの子にはもう会わないでしょうね。依頼に来るとか来ないとかじゃない。遅い。もう手遅れ。お気の毒ですが、ってやつ。冷たいようだけど……私にも能力の限界はある」

「その……謝ったらワンチャンって言ったけど」

「術者にね。絶対ないとは言い切れないし、少し安心ぐらいさせてあげたかったからそう言った。でも、経験から言って、そんな引っ込みがつくものじゃない。そもそも、あの話が本当に原因の全貌なのかもわからない。あの子、たぶんすべてを話してない。そんな路上のもめ事で拾うようなもんには見えなかった。もっと根深いなんかだよ。元にあるのは」

「手遅れって……弱ってるにしても普通に見えたけど」

「そう？　私には活け造りの魚みたいに見えたけどね。あれ、動いてるけど生きてるかっていうと微妙じゃない？」

「活け造りって」

「似たようなもんよ。外側から切られてるか内側から食べられてるかの違いよ。寄生バチって知ってる？　親はイモムシに卵を産みつけて、幼虫はイモムシを中から食って育つの、でもイモムシは外から見ると何もなさそうに見える。そんな感じ。あの噛み跡、ちゃんと見た？」

　あまり食欲が湧く話題とは言いがたい。

「内側から嚙んでたわよ」

内側から。そうだ。それでわたしは寄生虫を連想したのだ。つまり、あの皮膚の痛々しい嚙み跡は「ほんの一部」なのだ。

磨かれた大理石の表面の模様、その内側に石の節理がつづいているように、あの依頼人の内側にも、無数の嚙み跡がひしめいていたはずなのだ。

何か、似たものをどこかで見た覚えがある気がする。

――いつ？　どこで？

――また始まった。これは、なんだ？

――まだ小さいころ。そうだ。店の中だ。わたしはスーパーマーケットの店内にいた。わたしは保護者とはぐれていた。菓子か何かに夢中になって、ちょっとした迷子になったのだ。そして店内をさまよっていた。泣かないぐらいの分別はある年だった。店内を捜せば親は見つかるだろうと思って、歩き回った。

子供のわたしにはスーパーの店内は広かった。まるで迷路のように感じた。歩き回りながら、かごを押す買い物客を目で追い、見知った姿を捜し回った。うっすらとピンクがかったライトが目についた。それは肉売り場だった。パックに詰められた肉がひしめいていた。子供の背丈ではのぞき込むようなかっこうになる。それは知っている光景だったが、ひとつだけ違った。

肉がすべて動いていた。

並んでいるすべての肉の断片が、まるでまだ生きているかのように動いていた。あるものはただ力なく収縮している。あるものは軟体生物のようにくねっている。あるものはクレイアニメのように、断続的にばたついて、自分を閉じ込めているラップを突きあげていた。

それを見ているわたしは、それほど恐れはしなかった。むしろ自然の摂理で、肉は動くこともあるものなのだと、それぐらい自然に受け入れた気がする。

その肉売り場の中心に、ひときわ大きな塊があった。

それと目があった。そう。それには目があった。

それは皮を剥がれた、何かの動物の頭部であった。

わたしはその大きな黒い目をのぞき込んだ。

その頭部は、ゆっくりと口を開く。

「おい」

たしかに聞いた――


「おい」

反後が目の前にいた。

「おい！　目え覚ませ！」

わたしははっとして、現実に引き戻された。

「大丈夫？」

「いや……ちょっと白昼夢を」

「ちょっとってレベルじゃないよ」

彼女はわたしになんども活をいれていたらしい。おぼろげながら記憶が残っている。

店内を見回すと、周囲がみんなわたしを見ている。

「大丈夫ですか？　お加減でも……」

店員が心配そうに声をかけてくる。

反後は「すいませぇん」とにこやかに頭を下げる。

場が落ち着くと、みなすっとこちらへの関心を逸らしてくれた。やはり上品な人たちである。反後は水を頼んだ。すぐに出てきた。

「当てられたのね」

「そうかな……霊感とかはないんだけどね」

「あのねえ。目をつぶってたら車は見えないけど、車にぶつかったら轢かれるでしょうが。『車感』がないからって車がすり抜けたりする？　まあ私も悪かったわ。まさかあんな大物来るとは思わなかったし」

取材の締めくくりに、反後の書いていたカルテのような書類を見せてもらった。詳細は書けないが……前述の「原因」のチェックボックスには「□邪神」にチェックしてあったとだけ述べておく。

あの依頼人は何をしてしまったのだろう。本当に路上生活者を虐待したというだけなのだろうか、あるいは反後の言うように、もっと別の何かがあるのだろうか……。

ただひとつ言えることは、依頼人の中にいた何かは、この東京のどこかにいるのだろう、ということだ。


「どう？　ネタになればいいんだけど」

別れ際、反後は言った。わたしはうなずき、礼を言う。

「しかしあんた。いいかげん姉離れしなさいよね。しょっちゅうライン送ってきてさ。別にいいけど、ほかに相手いないわけ？」

そう言って反後は苦笑し、端末をわたしに向ける。彼女が見せてきたメッセージアプリの画面には、彼女のメッセージだけが一列に並んでいた。

＃4 つきのうらがわのほん

待ち合わせ場所の喫茶店はすぐにわかったが、逆杜くんを捜すのにひどく苦労した。けっきょく、彼は店の入り口近くの席にいたのだが、わたしはそれを素通りして店内を五分ほどうろうろと捜し回っていた。

「さっきからここで待ってたのに」

「声をかけてよ。きみはいつも見つけにくい」

逆杜くんのいる席には水も置かれていなかった。わたしが座ると、店員はひとり分の水を持ってきた。都内でよく名の通った、チェーン店としては比較的高級な店である。質のいい接客が売りだというのに、らしくないが、逆杜くんでは仕方がない。

「僕の前を三回素通りした」

「声をかけなよということだよ」

わたしが出不精な逆杜くんを呼び出したのは、怪談の取材……という形で、彼の過去について聞くためだった。場所を逆杜邸から変えたのは、前回のことが主な理由だったが、なんとなくそのほうがいいような気がしたからという程度のことだ。

「大した話じゃないんだよ……」

と、彼が口をひらきかけたところで、逆杜くんの前に置かれたグラスから、ぴしっと音がして、亀裂が入った。

「あっ、も、申し訳ございません」

「気にしないで。僕こうなんですよ」

驚いて謝る店員に、そう言ってなだめる逆杜くん。店員は混乱した様子だった。こうなんですよ、と言われてもしょうがないだろうが、彼はこうなのだ。

「小学校までは普通の子供だったと思うよ」

逆杜くんは大人びた子供だったという。同級生からするとどこか冷めている。教師からすると扱いやすいがとりたてて好かれはしない。小学生のくせに何かやり過ごすように日々を送っているところがある。そんな子供だったらしい。都会の小学校ではそこまで珍しいタイプではないだろう。

事件が起こったのは、5年生のとき。

ホラーブームは10年おきにくるなんて話を聞いたことがあるが、そのころもちょっとしたホラーブームだったという。さる日本ホラー映画が流行り、図書館にある学校の怪談をまとめた本が子供たちの間で取り合いになるほど人気になった。

そんな折、子供たちの間でちょっとした「肝試し」が流行ったという。

その肝試しというのは、学校内の特定の場所を「怖いスポット」と位置づけ、おもに放課後にそこに行く、というものだった。たとえば音楽室や、特定の場所のトイレ、校庭の隅に作られた小さなビオトープなどが対象になった。かわいいものだ。その怪談ブームやプチ肝試しに、逆杜くんは関心はなかったが、付き合い程度に参加することはあった。そんなあるとき、肝試しの対象に選ばれたのは、理科準備室だった。

その場所を選んだのは他ならぬ逆杜くんだった。理由はというと、単に珍しいものが見たかったからだ。子供のころから逆杜くんは珍しいもの好きで、ある種の少年に特有の博物的とでも言うべき性向があった。

このチョイスは同級生たちを感心させ、また、何人か交じっていた女子は小さい悲鳴をあげた。というのも、理科室は子供たちの間では特に不気味な場所とされていたからだ。その小学校の校舎は、改築を経てだろう、古い設備と比較的新しい設備が切り分けたように交じっていた。新しい設備は清潔感があり明るい雰囲気だったが、古い施設はどこか薄暗く、相応の年月の痕跡に満ちていた。理科室は後者に属した。

放課後、逆杜くんたちは理科室に向かった。鍵はあまり厳密に管理されてはいなかった。そもそも鍵がかかっていないことも多かったし、鍵が必要なら、さも用があるような顔で職員室に行って取ってくれば済んだ。いずれの手段か忘れたが、理科室には容易に侵入できたという。

室内には誰もいなかったが、なぜか窓は開いていた。逆杜くんはその光景をはっきり思い出せるという。ベージュのカーテンが、風によって呼吸するように持ちあがって、沈んでをくり返していた。

「風だよ」

同級生の誰かが当たり前のことを確かめるように言った。

理科準備室には鍵がかかっていなかった。古びたかんぬきはあったが、片方が外れて使い物にならなくなっていた。

理科準備室は思いのほか広かったが、金属製のラックが敷き詰められるように並んでいたので、通り道は狭かった。明かりは裸電球がひとつぶら下がっているだけで、ひとりがラックに隠されるように存在したスイッチを見つけ、明かりをつけた。

「うわっ」

ほかの生徒が驚いた声をあげる。

そこに人体模型があった。それはすすけたガラスケースに収められ、体の半分は皮膚がなく、内臓や筋肉が露出している。これが人体模型というものか、と逆杜くんは感心した。

「人体模型ってホントにあるんだな」

ある少年が言った。怪談話に出てくるような人体模型が、実在したことに驚いたのだ。じっさい、授業にこんなものが登場したことはなかった。相当埃《ほこり》が積もっている。

「これって本物なの？」

そう別の少年が問う。本物の人間かという意味だ。

「バカ。本物なわけないだろ」

間抜けな会話をしている同級生を尻目に、逆杜くんは室内を物色した。薬品の匂いがして、埃が鼻にひっかかるような感じがした。

珍しいものが色々あった。本格的な採集箱に敷き詰められた蝶のコレクションが壁の一面を占めている。黄ばんだ薬液に浸かったカエルの標本は、人体模型と同じく体の半分だけ内臓を露出している。それから用途のわからない電子工作、上下逆のビンに収められた赤い結晶や、黒いガラスのような鉱物の標本。

理科準備室にあるものの多くは、長らく教材としての役目を果たしていないであろう物が大半であった。埃の積もり方がそれを証明している。積もりすぎて埃が膜のように、さらにはフェルトのようになってしまっているものまである。どこからそんなに埃が入ってくるのか、不思議に思った。

奥に進むと、体の左右で雌雄が異なっているクワガタの標本があった。これはちょっとしたお宝だ。昆虫はまれに、体の半分だけとか、部分的に別の性が混在して生まれることがある。逆杜くんはそれを図鑑で読んで知っていた。左右非対称の角をもったそんな個体の標本は、趣味家には高値で取引される。

逆杜くんは侵入に満足した。こういう珍しいものが見たかったのだ。のちに古物商になる彼は、その好事家としての萌芽を発揮し、夢中になって置かれているものを見ていた。

気が付くと、ほかの生徒は誰もいなかった。

室内がほんのり、しかしはっきりと赤かった。理科準備室には窓がひとつあるが、それが赤く光っていた。

何か妙な事態だ。そう感じた逆杜くんは、理科準備室を出ようと戸に手をかけた。戸はびくともしなかった。鍵がかけられたような感じではない。本当にびくともしないのだ。古い木の戸なら多少は遊びがあってがたつきがあるものだが、押しても引いても凍り付いたように動かなかった。

逆杜くんは金属のラックによじ登り、窓から外をのぞいた。外は赤かった。夕焼けというには赤過ぎた。それも、黄味がかったような赤ではなく、うっすら紫がかったピンク色の光だった。睡蓮の花の色のようだったという。

窓からは校庭の半分と、その片隅にあるビオトープの茂みが見えた。それは自分にも覚えのある光景だ。ただ全体がピンク色の光に満ちているだけだ。自分の目は何かおかしくなってしまったのだろうか？　そう思った。

窓は空気の入れ替えのためにわずかに浮かされていたが、とても抜け出られるすき間ではない。つまり自分は閉じ込められているのだ。

窓を大きく開けられないかと一応試してみるが、換気扇の半分ほどのすき間しか得られなかった。積もった埃が散って、くしゃみが出そうになる。そのとき視界に妙なものが映り、逆杜くんはくしゃみをこらえた。

ビオトープの茂みの前に、大人が立っていた。大人の男だ。校庭をはさんだ距離があるので細かい造作はわからないが、白っぽい長そでのシャツを着て、こちらを向いていることはわかった。

教師だろうか、しかし見覚えがない。校務員にしては服装がらしくない。なんにせよ知らない人だ。そう考えていると、その男がゆっくり動いた。彼は片手を持ち上げ、まっすぐこちらを指さしたのだ。

逆杜くんはほとんど本能的にラックから飛び降り、身をひそめた。何かがおかしい。遅れて不安感が沸き上がってきた。

ただ、逆杜くんが覚えているかぎり、それほど強い恐怖は感じなかったという。夢の中で、目の前で異様な現象が起こっているのに受け入れているような心理状態だったという。

逆杜くんはもう一度戸をたしかめ、やはり動かないことを確認すると、どうしたものかと勘案した。窓を割って外に出ることはできるだろうし、戸板も壊せないことはないだろう。大きな音を立てれば誰か気づくかもしれない。

それに、逆杜くんは携帯電話を持たされていた。当時主流だったふたつ折りの機種だ。まずくなったらこれで電話すればいい。

ただ、今にもそうしようとは考えなかった。放課後に理科室に侵入するといういたずらをした後ろめたさもあった。

携帯電話のストラップには家の鍵がついていた。逆杜くんはいわゆる鍵っ子で、共働きの両親が帰ってくるのは夜遅かった。子供なりに、忙しい両親に迷惑をかけたくないという思いは強かった。

結局逆杜くんは、そこで時間をつぶすことにした。この何やら異様な状況は、にわかに起こったのだからにわかに収まるかもしれない。級友たちが戻ってくるかもしれない。そう考えたからだ。

それに、あの外にいた大人のようなもの。あれだけはやりすごさないといけない。それは直感的に感じていた。なぜか、そう強く思った。

しばらく理科準備室の奥で息をひそめていたが、何事も起きなかった。恐る恐る立ち上がってみても、恐ろしいことは何も起きなかった。ずっと聞き耳を立てていたが、遠くで虫の鳴き声が聞こえるだけだった。

窓はずっとピンク色に光っていた。夕焼けかと思ったがそんな様子もない。それに日が沈む時間にはまだ早いはずだった。

そんなとき、自分が先ほどよじ登ったラックに、本があるのが目についた。

「つきのうらがわのほん」

タイトルにはそう書かれていた。手に取ると、抽象的な月のイラストがあった。しかしその月には無数の穴があいていた。クレーターではない。機械的に円く抜き取ったような穴だった。それに月の模様も、何か自分の知っているそれと違う気がした。不思議なことに、理科準備室にあるほかの物体と異なり、その本にだけは埃がつもっていなかった。

逆杜くんはその本を読み始めた。

極めて奇妙な本だった。文字は日本語のようだったが、ところどころで妙な表記や表現があった。たとえば「ネ」の中央が一本の線だったり「世」の漢字が本当にこうだったかというような奇妙な変形をしていた。それから「観ぜまれる」とか「黄じんだ」というような見慣れない表現があった。

とはいえほぼほぼ読める。しかし内容も奇妙なものだった。

「ほとんど覚えてないんだよね」

逆杜くんは残念そうに言う。

「けっこう記憶力はいいほうだったと思うんだけど」

そう言う。逆杜くんが読んだ本の内容を丸々忘れるなんていうことは、わたしからみてもあまりらしくない。ただなんにせよ、その本の全体的な内容は、ほとんど空白なのだという。

ただ、断片的には覚えている。いくつかの挿絵と記述だ。挿絵はというと、獣と人間が混じったような人物が座り、月を指さしている絵。それから切り分けられたような月の内面の絵。その内側は空洞で、植物のつるか触手のようなものがぎちぎちに詰まっていて、中央には小さな月の入った袋がいくつもある。

それから記述。

「月は地球と赤ちゃんのようなへその緒でつながれていました」

逆杜くんは諳《そら》んじる。

「鶏のおなかにある、できかけの卵の塊を見たことがあるでしょうか」「遠く離れた双子の片方を焼き殺すと、もう片方の体が赤く腫れあがったという実験をむかしヨーロッパの学者が行いました」「月の産卵期には、七つの子供がうまれます。いつも七つです」「七つ子のひとつでも死んでしまうと、みんな死んでしまいます。世界は死産になるのです」「世界は死んだ時間の中でずっと光っています」

奇妙な内容だ。物語のようだが、だとしてもあまり子供向けな感じはしない。しかし逆杜くんに言わせると、その本は子供向けの科学書のような体裁で、すべてが現実にそうであるかのように書かれていたという。

逆杜くんはその本に引きこまれた。この状況にも関わらず、これまでに読んだどんな本よりも引きこまれたという。むさぼるように読み進め、ページの最後に達した。

そこではっと顔を上げると、逆杜くんの目の前に、男が立っていた。あのビオトープの前にいた男だった。彼は逆杜くんを指さし、何か口を動かした。男は何ごとかを叫んだ。あるいは怒鳴った。逆杜くんは恐慌し、彼の記憶はそこで途切れる。

「大丈夫?」

気が付くと、同級生たちが逆杜くんを囲んで、自分の顔をのぞき込んでいた。みな恐れた表情をしていた。

「僕はまるで標本みたいにじっと立ってたんだって、瞬きもせずに、時間が止まったみたいに。小突いてもびくともしなくて、みんなすごく怖かったって」

やがて先生も来た。異常な事態に、誰かが先生を呼びに行ったのだ。現れたのは生徒にあまり好かれていない理科の教師だった。彼は逆杜くんに何事もないことを確認すると、心配がるよりは面倒だといった調子で生徒たちを追い出した。

帰りの道すがら、同級生たちから聞くところでは、逆杜くんが凍り付いたように動かなくなった後、壁にある標本の蝶たちが、一斉に羽ばたいていたという。それに恐怖した仲間たちは、暗黙の禁を破って先生を呼びに行ったのだ。

「僕らは何を見たんだろうね？」

逆杜くんは自問するように言った。

「ずっと閉じ込められている標本にも、なんかの記憶があるってことなのかなって、そのときはそう思った。それから何か、仲間はずれにされちゃったような気持ちになったよ。なんで自分だけ、ってさ。……そのときから、なんか、この世に生きてない気がするんだよねえ」

彼は自分の目を指さした。

「ほら、僕、片目だけちょっと色が違うでしょ」

わたしはうなずく。逆杜くんの片目は前述の通り、ハシバミ色なのだが、そのときはラブラドライトのような青灰色に光って見えた。わたしはなぜか気圧された。

「その日に鏡見たら、そうなってたんだよ」

そのとき、言うのはやめておいたが、実のところ目だけではない。逆杜くんは、いつも顔の左右に浮かぶ表情が連動していない。たまたま同じであるときをのぞいてほぼ別々の表情を浮かべている。顔の筋肉のつき方すら違うので、右向きと左向きで兄弟程度には違う顔だ。

逆杜くんのコーヒーが今ごろ運ばれてきた。


わたしは彼の話を聞いて、不気味さを感じるのと同じぐらい、親近感を覚えた。

自分にもそれに近い、というより、彼の体験と一部重なるような記憶がある気がしてならないのだ。自分は同じ場所にいたことがある気がする。あれはいつのことだっただろうか？

自分の記憶をのぞき込もうと思ったとき、わたしはふいに、自分の内側がひどく混濁していることに気がついた。

自分について何かを思い出そうとすると、水底の泥が一斉に舞い上がったようになって、肺が押しつぶされたように息をするのが辛くなった。

自分はどんな小学校に通ったっけ？　両親はどんな顔だっけ？　子供のころどんな本を読んだっけ？

よく思い出せない、というのとは少し違う。暗闇の中で手探りして、あるはずのドアノブを探したら、空をつかんでしまうような。そんな体験が繰り返される。

わたしは急に自分の記憶がひどく穴だらけなことに気が付いた。言葉通り穴だらけなのだ。わたしの記憶は、まるでいくつも型を押し付けて、抜きとられたあとのクッキー生地のようだ。

いつ生まれたっけ？　自転車に乗れるようになったのはいつだっけ？　先生はなんていう名前だっけ？　いつここに引っ越してきたっけ？　というかその前はどこに住

んでいたっけ？　あの光をいつ見たっけ？　最後に買ったゲームソフトはなんだっけ？　逆杜くんといつ知り合ったたっけ？　なんで光る牛の頭骨のイメージがいま頭から離れないんだろう？　首——


「どうしたの？」

逆杜くんは不思議そうにわたしを見ている。

「ところで、件の会だけど」

わたしは額の脂汗をぬぐう。

「来てくれるよね」

「たぶんね」

「来てよね」

「行けたら行くよ」

「来られるよ」

逆杜くんは半分微笑む。

#5 いたかもしれない弟

「僕、弟を殺したらしいんですよね」

裏部くんはいきなりそんなことを言った。

なんだそれは。それは怪談ではなく別のジャンルだろう、とわたしは思った。

以前も述べたが、裏部くんは妙なバイトばかり見つけてくるので、怪談めいた話にも遭遇する。それが良くてわたしは好んで顔を合わせるのだが、最近の裏部くんは勤労意欲がとみにないらしく、新しい話はなかった。

収率が落ちたというものだが、文句を言える義理でもないので黙っておく。

「働かなきゃいけないんですけどねえ。借金もできたし」

そう言って裏部くんは包帯に巻かれた右腕をさする。

いま、裏部くんは二の腕を骨折している。

というのも、車で崖から落ちたらしい。なぜ車で崖から落ちたかというと、チキンレースをしたらしい。数年ほど前に免許をとった裏部くんはペーパードライバーだったのだが、レンタカーで友人とドライブに出かけた。そしてそこで、ちょっとした崖にある駐車場でチキンレースをしたという。

まったく理解不能だ。

その崖にある駐車場にはいちおうガードレールもあったのだが、裏部くんはそこにアクセル全開でつっこみ、ガードレールは崖から剥がれるようにしてひん曲がり、そこを乗り出した車は崖下に落下したという。

地盤が緩んでいたとかもあるのかもしれないが、もはや事故でもない。ただの自殺行為というやつだ。崖が低かったので骨折で済んだらしい。友人のほうはもう少しひどい骨折だそうだ。

とにかく友人のぶんも含めた治療費その他で裏部くんは借金を負うこととなった。友人とは絶交されたという。その友人の今後に幸あれとしか言いようがない。

「なんとなくやってみたかったんですよ。チキンレース。でも危ないからガードレールあるところでって思ったらああなるんですもん。なんかアクセルから足を離すのがなかなかできなくて、せっかくだから、みたいな」

そう言ってへらへら笑う裏部くん。

うまく言葉にしにくいのだが、裏部くんには何か大きな欠落がある。よく頭のネジがゆるいなどという言い回しがあるが、裏部くんの場合ネジどころか何かの部品が丸ごとかけているようなところがある。

まあ、そんなことはいい。

問題はさっき裏部くんが言った、弟殺しのほうだ。


「もしかしたら体のどこかに弟がいるかもしれないんですよね、僕」

全く話が見えてこない。

「ならもうちょっと大事にしなよ、体」

「大事にしてますよ、こうやって野菜も食べてるし」

そう言って裏部くんはドリンクバーの野菜ジュースを飲む。

「親の腹の中にいたときに、僕双子だったんです」

ようやく話が見えてきた。

「検査で双子だってわかって、親ははしゃいでベビーベッドとか、赤ちゃん用の服とか、名前もふたり分考えたりとか、そうしたらいつの間にか双子じゃなくなって」

珍しい話ではあるが、知られている話だ。

バニシングツインと呼ばれる現象で、別に怪奇現象ではない。妊娠の初期のほうに双子の片方が死ぬと、吸収される形で消えて、ひとりで生まれてくるというものだ。医学的には双胎一児死亡という名前もついているらしい。

しかし、それは別にもう片方の双子が殺した話にはならないはずなのだが……。

「親の中ではそうなってるんですよ」

裏部くんはやけ酒でも呑むような仕草で野菜ジュースを飲む。

「体の中に双子がいるかもしれないってのは？」

「ほら、吸収されたもうひとりの子の部品が僕の体のどこかにあるかもしれないって、親が言ったんです」

「あんまりそういうことはないと思うけど……」

たしかに人間の体内から別の身体のパーツが出てくることはある。医学的には奇形腫と呼ばれる腫瘍の一種にそのようなものがある。一番よく知られているのはブラック・ジャックのピノコだろう。あれはフィクションだから人体のパーツがひと通り揃っていたわけだが、実際には歯だけとか髪の毛や骨片が交じったものとか、そういう不気味なものだ。

とはいえ、胎内で死んだ双子がいたからって、そうなるとは限らないし、かなり飛躍した考えのはずだ。

「親がそう言うんですよ、僕の体の一部は弟のだって」

「ふうん」

たぶん、彼の両親は部分的な医学的知識をつなぎ合わせて、失われた彼の弟を補完する物語を作り上げ、彼に押し付けたのだろう。それはおそらく彼を相当に傷つけただろう。

「親がよく言ったんですよ。僕が何か悪いことをすると『弟ならこんなことはしなかった』ってまるで見てきたみたいに」

裏部くんはまるでうわ言みたいに話す。

「体にケガをすると『ここが〇〇くんかもしれないでしょ』って言うし、もっとひどいことをすると『〇〇くんのほうが生まれればよかったのに』とかね」

「検査すればいいのに」

「したくないですよ。そういう問題じゃないし。それにいなかったら、僕の中で何か大事なものが壊れちゃうじゃないですか」


裏部くんが新しい仕事を見つけてきたのは、そこからだいぶ後だった。栄養状態のせいか、骨折の治りは遅かったという。まだ彼の腕の骨にはボルトだかが入っているらしい。彼は自慢げに腕をなでた。

「ワリのいい仕事が見つかりましたよ」

どんな仕事かというと、ある学校の夜間警備だという。

「まあ時給はよさそうだね。夜勤手当もつくし」

「そうそう。前にそこで働いてた人が、急におかしくなってやめたんですって」

さっそく不穏な話が出た。

「研修はもう受けたんですけど、妙なことを言われたんですよ。赤マントに会ったら、無視して引き返せって」

「赤マントって……これまた懐かしいな」

「赤マントってなんです？」

「知らないのか、なんか世代を感じるなあ。赤マントっていうのは、ええと。昔学校の怪談ブームというのがあって――」

赤マントはひと昔前に流行った怪談だ。トイレに出る怪異で、トイレに入った子供に「赤いマントがいいか、青いマントがいいか」と質問してくる。赤を選ぶと血まみれにされて殺されてしまい、青を選ぶと血を吸われて青くなって死んでしまう、というものだ。バリエーションとしてマントではなく赤いちゃんちゃんこというのもあるが、ちゃんちゃんこという言葉は当時でも死語に近かったはずだ。

「そういうのじゃないらしいんですよね」

「というと」

「もっと、普通の変質者みたいなやつらしいんですよ。布をかぶってて、そういうのが出るんですって。で、警備員が近づいたら、その警備員がおかしくなっちゃって」

なるほど。それはもしかしたら原型に近いのかもしれない。荒唐無稽な「赤マント」のイメージにはいわばベースとなるものがある。それは昔の福井県で起こった「青ゲット殺人事件」だ。ゲットというのは毛布のことで、青い毛布をかぶった男がある家の住人を誘い出しては、雪が血染めになるほど凄惨に殺していったという事件だ。これは明治の未解決事件だが、一説にはこの「猟奇的な怪人」のイメージがのちに昭和に「赤マント」を生み出したという。

「へえ、面白そうですね。捕まえたら金一封とか出ますかね」

話を聞いた裏部くんはそう言ってはしゃぎ始めた。裏部くんは危機感とか恐怖感とか、そのようなものがマヒしているように見えるときがある。

「そう言われるんですよね。チキンレースした友達にも絶交される前に言われたんですよ、おまえ怖いって」

裏部くんはめずらしくしゅんとした顔をする。彼にとってはケガや借金よりも、友人に離れられたことがこたえたようだ。

「自分でも、今から思えばなんでチキンレースしようなんて言い出したのかわかんないんですけどね。そのときはもうそれしかないってなってて……」

わたしはあらぬ想像をしてしまった。裏部くんの中には生まれなかった弟がなんらかの形で本当に存在し、彼を乗っ取ってアクセルを踏ませたのではないか？　などと。それこそ前述の腫瘍も脳にできることもあると言うし。本当に検査をしたほうがいいのではないか。

「もう病院は当分行きたくないですよ」

医者嫌いの彼は言った。

さて、その後しばらくは、裏部くんのバイトは順調に続いたという。彼が夜間警備することになった私立学校は、テニスコートやグラウンドも充実していて、見回るところは多い。裏部くんはそれを「太った金持ちの内臓みたい」と形容した。

とにかく裏部くんの仕事は、もうひとりの警備員とペアを組んで、その金持ちの内臓を回虫のごとく歩き回るだけだ。時間を変えながら何度も、やや過剰に感じるほど巡回する。

夕方には生徒たちが居残っていたり部活が続いたりしているが、夜になると学校はほとんど空になる。とはいえ、不審者がいたのは一度きりで、酔っ払いがテニスコートの金網にもたれかかって休んでいただけだったという。

「思ったよりぜんぜん面白くないんですよ」

と裏部くんは言う。もっと変質者だの泥棒などがわんさか現れるものだと思っていたらしい。そう言われても、平和なら楽でいいじゃないかと思うのだが。裏部くんは刺激を求めていたそうだ。

さて、その間に裏部くんは相方から「赤マント」の話をひと通り聞き出した。話によれば、それはある日のテニスコートにぽつんと立っていたという。別にそれは、赤くはなかった。人間の形のようで、何か布のようなものをまとっていた。コートの明かりは落とされておらず、こうこうと照っていた。その光の中にそれは立っていた。

相方はそれが警備会社から伝えられていた「赤マント」だと直感した。それに対応する正しい方法は、無視することだった。彼はそうしようとした。しかしもうひとり、つまり裏部くんの前任者に当たる警備員は、そうしなかった。それに近づいていったのだ。するとその赤マントもこちらのほうに走ってきた。

走りながらそれは何事かを叫んだ。何事かというのは、そのあたりから相方の記憶が急にはっきりしなくなるらしい。何が起こったのかわからない。覚えがない。

ただはっきりしているのは、警備会社はこの不始末というべき記憶の欠落について、まったく彼を責めたりはしなかったこと。会社は何かを把握しているらしく、ただ彼はそのとき溜まっていた有給休暇をまとめてとるように指示されただけだった。

そして休暇が明けて会社に出てくると、相方はいなくなっていた。訊いても「おかしくなった」と説明されるだけ。困惑しているあいだに、裏部くんが代わりの相方として入ってきた。

それが裏部くんが聞いた話のほぼ全体だ。

わかることは多くないが、会社の対応から類推するに、会社はこの「赤マント」とやらの存在について何か一定、把握しているような感じがする。だとしたら、裏部くんのバイトはそれありきの代物なのではないか、そんな気がするのだ。

「それはちょっとかっこいいかもですね」

「そうかな？」

「だってなんか、僕ってその怪物を封じ込めてるみたいじゃないですか」

裏部くんは能天気なことを言って喜んでいる。

ようするに、その学校がわざわざ警備会社に依頼して、妙に過剰な警備態勢を敷かせているのは、その赤マントと呼ばれている怪異を押し付けているような構図に見えなくもない。

もうひとつ気になることがある。なぜそれは赤マントと呼ばれているのだろうか。裏部くんのまた聞きの話を聞く限り、それは別に赤いわけではない。都市伝説の赤マントとほとんど似てもいない。なぜわざわざそう呼ぶのだろう。

「そういえばいましたよ、赤マント」

それからひと月と少したったころ、裏部くんからメッセージが来た。わたしはさっそく、会って話を聞くことにした。

さて、裏部くんは警備員の仕事にすっかり飽きていた。毎日同じことをくり返して意味を感じない。借金がなければとうにやめていたところだという。泥棒でもいれば面白いのに、とは当人の弁である。

彼にとって仕事上の希望と言えば、赤マントと称されるその怪異と会うことだった。だから、前回の出現場所であるテニスコートを見回るときには、念を入れて捜した。

その日も、嫌がる相方を背に、暗くなったテニスコートを懐中電灯の光で撫でるように探っていたという。そして、ああ今日も何もなかったな、と思ったとき、それはいた。何もいなかったはずの、彼の前方、暗かったので正確な距離は測りかねたが、およそ十メートル前後先に、それはぽつんと立っていたという。

「いたー！」

裏部くんは喜んで叫んだ。会社の指示などはなから守る気などない彼の声に、相方はひっと短く叫んだ。

相方が逃げるべきか、踏みとどまるべきか、決めかねるように足踏みをするうち、それは裏部くんのほうに向かってまっすぐに走り出したという。

「あんまり覚えてないんですよね、なぜか」

裏部くんはこめかみをつねるような仕草をする。

それは、ひどく細長い脚をしていた。マントというよりは、布で体をくるんでいるように見えた。赤くもなかった。懐中電灯の光に照らされたそれは、全体に灰がかったように見えたという。

それは裏部くんに走り寄ると、鳴いたという。

学校の怪談の赤マントは、前述の通り「赤いマントがいいか、青いマントがいいか」などと問うてくる。しかしこの化け物は、そんなことはしなかった。ただしがみつくように裏部くんの肩をつかむと、鳴いた。

それは赤ん坊の産声のような、けたたましい声だったという。産声のようといっても、いちばん似ているのがそれというだけで、車の急ブレーキのような高音も含み、また発情期の猫のような重苦しい音も含んでいた。それは人間に出せるような声ではなかったという。

それの顔は暗がりで見えなかった。手にしたライトは落としてしまった。その真っ暗な顔を間近でのぞき込んだそのとき、裏部くんは思ったという。

わかった、と。

「何がわかったのか、思い出せないんですよねえ」

裏部くんは小首をかしげる。

ただ、そのときの裏部くんは何かを理解したという。目の前の「それ」がなんで、何を叫んでいるのか、それが直感的に理解できたという。それに対して答えることができたはずだ、という。

だが、裏部くんはそうしなかった。

彼はというと、ほとんど反射的に、それに蹴りを入れた。それは思いのほか軽く、容易に姿勢を崩して、懐中電灯の明かりの中に倒れ込んだ。

そのときに裏部くんは、その顔を見た。それは大きな赤ん坊の顔をしていた。そしてその赤ん坊の見開かれた目の中には、無数の黒い瞳孔が、泳ぎ回るおたまじゃくしのように蠢いていたという。

裏部くんの記憶はそこで飛ぶ。

気が付くと、彼は自宅で風呂に入っていた。携帯電話をのぞくと、無数の着信が入っていた。そして電話を返すと、裏部くんは自宅待機を命じられた。給料は出るという。そして翌日、会社から再び電話がかかってきて、3か月分の給与を会社が支払う形で、裏部くんは解雇になった。

「ラッキーです」

裏部くんはその体験を、そのように締めくくり、屈託のない笑顔でピースサインをした。

「でもあれ、なんだったんだろうな。なんで、覚えてないんでしょうね」

「さあね」

わたしは首を振る。

実際のところ、わたしにもまったくわからない。

ただ経験上、言えることがある。この手の怪異に逢ったときに、それをしっかりと覚えている人と、すぐに記憶があやふやになって思い出せなくなる人は、わりとはっきりとタイプが分かれる。

たとえば今回の裏部くんではないが、同じ体験を複数人でしても、一部の人はどんなことをしたか、何があったかよく覚えているのに、別の一部の人は急速に記憶があやふやになり、体験からさほど経たなくとも思い出せなくなるというのはよくある。

そして興味深いことに、圧倒的に、後者のほうがその体験から悪い影響を受けることが少ないのである。

要するにこの世界には「覚えていてはいけない何か」のようなものがあり、忘却という形でそれに耐性を持つ人間と持たない人間がいるようであるということだ。

「まあ、結果的によかったですね」

裏部くんはおかわりの野菜ジュースを取りに行く。

以上が、裏部くんの奇妙なバイトで出会った怪異だ。

しかしここでひとつの疑問が浮かぶ。なぜそれは「赤マント」と呼ばれていたのだろうか。都市伝説のそれとは、共通項を見いだすことすら難しいのに。

おそらく、そう。逆だ。それに似たものがあまりなかったからだろう。得体の知れない怪異の、得体の知れなさから逃げるために、都市伝説でよく知られた名前をつけたのではないか。

なんだかわからないものに形を与える。

なんだ、わたしと同じじゃないか。

「ところで、これ、なんだかわかりますか?」

裏部くんは机の上に、ことんと白いものを置いた。

それは白く、ふわふわした細かい糸でできていた。見たところ繭のように見えた。

蚕の繭だ。しかし、奇妙な形をしている。

蚕の繭の、米粒のような楕円形のあの形、それがふたつ見当違いの方向にくっ付いて、重なるようにして、不定形の奇妙な形になっている。

「ああ。うん。わかるよ」

＃６　やとのさたことくぬし

反後の家は、いわゆるタワーマンションというやつの上階に位置していた。オートロックの入り口の入り方がわからずまごついた。

彼女の部屋はわりあい散らかっていた。ゴミが散乱しているというわけではないが、それなりにだらしがない。広いテーブルには片づけていない食器やピザの箱が放置されている。書類がはみ出たバッグが大ぶりなソファに放りだしてある。その背もたれにはコートがかけてあるが、冬物の季節は半年も前だ。

室内で特に目につくのはデパートの紙袋だった。たいてい中身が入っていて、封も開けていないようだった。

「あんま見ないで。ストレスたまると買っちゃうのよ」

買うと興味なくなっちゃって、と反後は付け加える。

そんな一方で、奥まった場所にある部屋のひとつはきれいだった。というかほとんど空だった。そこに仏壇と神棚がある。そして、さらに別の祭壇のようなものが設えられていた。宗派はわからないが、混淆《こんこう》宗教風であった。台の上段には遺影らしきものが置かれ、カラフルな布で飾られ、溢れかえるほどの花が生けられている。

「あー、それ？　まあなるべく相手に合わせてやるからそうなってるのよ」

「どういうこと？」

「今の依頼人がけっこう特殊で、その祭壇はそれ用にそろえたの。わりと専門外なんだけど、いけそうだったから」

よくわからないが、祈祷か祓いの依頼なのだろう。

「あんまり女性の部屋をじろじろ見るものではないよ。いくらお姉ちゃんのものでもさ。取材に来たんでしょう」

反後はテーブルの上を空けて、人差し指でこちらを招く。

彼女は冷蔵庫から日本酒を出してきた。それからデパートで買ってきたらしい、木箱入りのセットになったつまみも出してきた。からすみまで入っていて豪勢なものだった。

「依頼人の秘密を漏らすわけにいかないから、大丈夫そうなやつを話すわ。それでも細かいところは変えて話すけど」

わたしはうなずく。もとより、その手の作業はこちらでも行うつもりだった。

反後はコップになみなみ注いだ酒を一気にあけ、語りだす。


「コックリさんって最初に考えたのが誰かわからないけど」

そう反後は話を始めた。

「一説には米兵が教えたって話があるんだっけ」

その説はわたしも知っていた。コックリさんの起源は諸説あるが、前述のそれは西洋のウィジャボードという交霊術を起源とする説だ。それ専用の器具を使うものではあるのだが、複数人の手の動きを介してアルファベットを追う形は同じだ。

日本では、昔は三本の竹筒を組んで、その上に御櫃《おひつ》を置いてテーブルのような形にして行ったりしたようだが、紙の上にひらがなを書き十円玉を動かす形式にいわば簡略化されていった。韓国や台湾などでも類似の占いがあるという。

「コックリさんをやって憑かれたってやつはたまに来るんだ」

「いまどき？」

わたしはそう問うた。

たしかに昭和終わりごろの怪奇ブームのときには、コックリさんは思春期前後の子供たちの間でブームとなり、学校などで盛んに行われたという。しかしそれも過去の話だ。

「いまどき、少ないけどやる人間はいる」

反後は二杯目の酒を飲む。

「問題は、コックリさんは完全な遊びとも言い切れない要素も持ってるってこと。あれって良くも悪くも、占術の儀式としての型を最低限そなえてはいるのよ。用意すべき道具があり、見立てがある。辿るべき手順があり、守られるべきタブーがある。そして仮定された『何ものか』への『委ね』がある。実効的な呪的効果を持つ余地がある」

「なるほど」

「それに、十円玉はじっさい動くしね。わりと」

そう、実際に十円玉は動く、ことが多い。これは科学的な説明もあり、無意識の筋肉の緊張によって自然にそのようなことが起こるとされる。あるいは単に、参加者の自己暗示によるという説もあるが……科学的な説明についての仔細はここでは置いておく。

とにかく、複数人でコックリさんを実行すると、十円玉が動くということはあるのだ。そのような説明がつくとはいえ、驚くべき現象ではあるし、自分の指が乗った十円玉がするすると動いていくのは、それ自体が強い心理的な作用をもたらす。

この手の呪的な儀式というのは、実際にやってみると、思った以上に場に「呑まれる」ものである。それはネットで流行った「ひとりかくれんぼ」にしろ、より本格的なオカルト儀式にしろ、その場に参加するというのは、未経験者が思うよりもずっと強い影響力を持つのだ。それこそ、そういったことを全く信じていない者でも無視できないほど。

とはいえ、コックリさんの結果の悪影響というのは、多くは心理的な、ようするに自己暗示のはずだ。

「そう、だいたいはうちの領分じゃないわけ……要するに自分で自分を憑き物だって思い込んでる子たち。本来なら私が仕事にするような案件じゃないやつ。どっちかというと心理カウンセラーとかそういう人の領分ね。ざっくり言えば中二病よ」

反後は酒を注いで、からすみを二切れまとめて惜しくもなさそうに口に放り込む。酒には強いようではある。

「……まあ、そういう子も家庭の悩みとかを抱えてたりするし、そういうなんていうの？　医療につなげてあげるのも私の仕事だと思ってはいるからさ。タダにはしないけど」

以前、反後が言っていた「10万円」の客だ。

「10万ぐらいは手間賃よ、聞きたくもない流行りのマンガからつまみ食いしたような子供の妄言を聞かされて、それに右往左往してるしょうもない小金持ちの親の話を聞いたりしなきゃいけないんだから。10万はそれが欲しいってより……それぐらいにしとかないと変なのばっかりくるから」

まあ、想像に難くない。

「それに、自己暗示ってのもバカにはならない。そういう子でもめちゃくちゃ強い力で首絞めてきたりするしね。親の耳嚙みちぎった子もいたわよ。いまは入院してるはずだけど」

反後はへらへらと言うが、目は笑っていない。

「んで、ごくまれに『本物』が交じってるのよ。さっき言ったようなのとは段違いのやつ」

「本物の憑き物」

「憑き物というか……でも本物、私の領分のやつ。自己暗示じゃ説明がつかないやつね。今から話すのはそういうのの話」

「場所は……とある郊外としておきましょ。結婚したサラリーマンが家を買って、そこから電車で東京に出勤するようなエリアで、いわゆるニュータウンみたいな区画がある」

「うん」

「そこにあるとある高校、生徒は半分ぐらいが地元の子で、ニュータウンの子が交じる感じ。そこで、何かのはずみでコックリさんの変形みたいなものが流行ったんだって」

「変形？　エンジェルさんとか？」

コックリさんにはバリエーションが存在する。たとえばエンジェルさんと呼ばれるバージョンなどだ。

「そういうのよりもちょっと手が込んでてね……典型的なコックリさんって鳥居を描いて五十音を書くでしょ、その鳥居を三方に書いて、それから五十音と『はい』『いいえ』を円形に書く。それで、中央に参加者の名前を放射状に書く。傘連判《からかされんばん》みたいな感じ」

たしかに、手が込んでいる。学校でやる遊びにしては少々、手が込みすぎともとれる。

「それだけじゃないのよ。その紙を置く机に別の紙を入れるの。紙っていうより呪符に近いかも。ネットでみつけてプリントしたんだって。そのやり方もネットから。そのサイトは探したけど見つからなかった。符の内容だけど……いわゆる祝詞《のりと》ね」

「それは確かに手が込んでるね」

「その紙を机に入れるから、二枚の紙を重ねたものの上でコックリさんをやるような形になる。驚くほど当たったんだって。それでその子たちはどんどんハマっていって、参加者も増えてグループになっていった」

「そうなんだ……でも」

コックリさんは、前述の通り無意識の動きも関係している。だからたとえば「○○さんは○○君が好きか」という質問をしたとして、それを知っている参加者がいたら、無意識にしろ意識的にしろ、動きからそういう結果が出ることは充分あり得る。

そういう意味ではコミュニケーションツールの側面があると言えるだろう。それに、一般的には大人が顔をしかめるような行為であるが、それをしたことで一種の共犯関係が生まれ、仲間内の仲が深まるということもあるだろう。

「そう、共犯関係的なコミュニケーションというのはある。ただ、それにしても異様だった。少なくともそう聞いている。ほとんど毎日のように、その子たちはコックリさんを行った」

熱心に、というか強迫的なほど、そのグループはコックリさんをくり返したという。

そんなある日、現れた。

「やとのさたことくぬし」

反後は言った。

あるとき、身内の質問が出尽くしたのだろうか？　そのグループは呼ばれたものに対して質問したらしい。『あなたの名前は何ですか？』と。それで帰ってきた答えが『やとのさたことくぬし』だという。

「彼女らはひとつのあやまちを犯した。この『やとのさたことくぬし』という文字列を、コックリさんでよくあるランダムな文字列だと解釈してしまった」


『やとのさたことくぬし』

「やとのさ……たことくぬし？　何それ」

「名前じゃないじゃん」

「あなたの名前を教えてください」

『やとのさたことくぬし』

「やとのさたことくぬし!!　ウケる！」

そんな風に、参加者は年相応のはしゃぎ方をした。

それはランダムな文字列のようにしか思えなかった。

『やとのさたことくぬし』

その間も十円玉はその経路を辿り続ける。

「やとのさたことくぬしなんて名前のやついるわけないじゃん」

『いいえ』

問題は、そのコックリさんの儀式を生徒たちが終えようとしたときに起こった。

「コックリさん、お帰りください」

『いいえ』

「お帰りください」

『いいえ』

『いいえ』

何度儀式の終了を宣言しても、十円玉は大人が力をかけたような、はっきりとした力強さで『いいえ』を示し続けた。それは彼女らのコックリさんで初めての出来事だった。これまで儀式はいつもつつがなく終了していたのだ。

じわじわと恐怖が場を満たしていき、やがてパニックが起こった。生徒のひとりが指を離してしまうと、生徒たちは我先にと教室から逃げ出したという。

「コックリさんの話としてはありがちかもね」

「そうね……それからしばらくは何も起こらなかった。生徒たちのコックリさん熱は一気に冷めて、その話題も出さないようにした。それから……立て続けに事故が起こった」

「事故？　どんな？」

「いろいろ。ある子は交通事故に遭ったし、ある子は狂暴化した犬に襲われた。ある子は急に精神に異常をきたしたし、ある子は妙な感染症にかかった。……そして、全員が右手の指を少なくとも一本失くした」

反後は残った酒をビンごと飲み干し、別の酒を冷蔵庫から出してきた。

「その子たちはタブーを犯したからね」

「コックリさんって指を放しちゃいけないんだっけ」

「そうだけど、それ以前よ。コックリさんって、由来はどうあれ、鳥居を描き込んだり、神道の要素が入ってるでしょ。そして神道にも、タブーはある」

「笑いものにしたところ？」

「そう、その子たちは『神名』を軽々に口にし、あまつさえ侮辱したことになる。神道は敬意を重んじる宗教でしょ。神に対してしかるべき距離感を保ち、敬意を払わないことはタブーになる」

「それだと、コックリさんで呼ばれたのは神様だって話にならない？」

「そう。私は今回のケースを、そう解釈している。コックリさんで呼ばれるのはだいたいそんなに強大なものではない、いわば雑霊とされてるけど、そうでないものが来ないって保証はない」

反後の話からすると、つまり、本来なら彼女らは、その『やとのさたことくぬし』

にふさわしい扱いをすべきだったと。榊《さかき》でも立てるとか？

「そうよ」

「審神者《さにわ》が必要だったわけだ」

「そういう話になるわ」

　まったく冗談めかさず彼女は言った。

「祟る、という字は『出《い》で示す』と書くでしょ？　敬意に欠けたから、それは『出て示した』の。敬意とは畏れの変奏です。怖いもの知らずも考えものって話ね」

「それで、その後どうなったの？」


「私が呼ばれたのはその後だけど……教室は最終的に使われなくなった。まず机、そこに座った生徒が同じように指を失った。その子はコックリさんに参加してなかったんだけどね。かわいそうに。ピアノをやってた子で、非がないのに不登校になっちゃった」

「関係ないのに？」

「神霊ってそうよ。恨みへの報復とか、罰を当てるっていうのはどちらかというと人間の理屈ね。向こうには人間の個体差なんてあんまり関係ないの。唯一違うのは左手の小指だったこと」

なるほど、まさに祟り神だ。もともと、神道にはそういう側面はあるのだろう。自然の猛威や、怨霊となった存在を神として祀ることで鎮めようという思想、呼び出されたそれは、しかるべき扱いを求めて『出て示し』続けたわけだ。

「それからその教室も、使い物にならなくなった。生徒だけでなく保護者もほとんどパニックになってたのもあるけどね。その教室にいると、ものすごくいやな感じになるんだって。まるで夜中の神社にひとりでいるみたいな。その教室だけじゃなくて、その教室の上下に当たる同じ位置の教室でも同じことが起こった」

そこでようやく私の出番よ、と反後は言う。

「保護者の中に伝手がある人がいて、私が行ったの」

「それで？」

「できる範囲のことをした」

反後は少し言いよどみ、酒をあおる。

「祓うのは手にあまる。だから祀ったのよ。さっきあんたが言ったみたいに、榊を立ててお神酒《みき》をそなえたの。問題の教室は上下あわせて使用禁止、どのみち少子化で教室は余ってたし」

大赤字よ。二度とやりたくない。専門外だし。

そう反後は愚痴る。彼女にとっては善後策だが、保護者を納得させるのは骨が折れたそうだ。これ以上を求めるのなら別の奴に頼めばいいけどどうなっても知ったことではない。そう言って一銭ももらわずに帰ったという。

「できる最善だったんだからしかたないでしょ」

別に責めてもいないのに、反後はそう言い訳を言う。

「関わるのがもっと前だったら、指も無駄にせずに済んだかもしれないけどね」

「というと」

「あんた、さっき審神者って言ったじゃない。審神者っていったら霊の判別ってことだけど、語源は違うのよ。本来はにわは庭、つまり場所を示す言葉なの。たとえ紙の上にしろ、鳥居を作り、神意を示す場を用意し、招いてしまった」

「招かれたものは、そこを自分の場にしたと……」

「そういうこと。だから帰らなかったの。むしろ彼女らは『帰らせてください』と言うべきだった」

こうして、反後の話は終わった。


「そうだ。言い忘れたんだけど」

話を終えた反後は、いくつか付け加えて語った。

「机の下に入れた祝詞だけど、だいたいこんな感じ。『連判に名を入れたものを神子となすので、それらを自由にとっていただいてかまいません。たちあらわれてください。ここはあなたの場所だから』って意味かな。国語の先生にでも読んでもらえばよかったのにね」

それから、と、少し厳しい顔になる。

「ああ、あと書いても問題ないけど『お名前』は変えておいて。絶対そうして」

と、反後に念を押された。

しかし、いまここに困ったことが起こった。

わたしはそういうものを忘れるのだ。

だから文中の『神名』は仮称だ。パッと思いついたのをつけた。単にそれらしく書いただけのつもりだが、書いた途端に「この名前以外ありえない」という心持ちになった。

仮名になっていることを謹んで祈る。

やとのさたことくぬし。

ゆめゆめ試されぬよう。責任は負わない。

#7 うしのくびとわたし

「先に謝っておかなければいけないかもしれない」

反後はだれに話しかけるでもない調子で、話を始める。

「古今東西、あらゆる人々が、この世にない存在を呼び出そうとしてきた。それは死者の霊であったり、神や悪魔であったり、あるいは魑魅魍魎《ちみもうりょう》であったりする」

反後の部屋。燭台が三つ、テーブルに置かれている。ろうそくにはすでに火が灯されている。三つの火の前には、逆杜、裏部、そして反後の席がある。すでにいくつかのろうそくが消され、室内には蜜蝋の甘い匂いがかすかに漂っている。

そしてわたしの席は、テーブルのもう一辺にある。わたしはそこに座り、じっと室内を見ている。

「召喚の魔術も数多にあるが、そこには共通した基本がある。召喚されるものが、つまりゲストが、あたかもすでにそこに居るように振る舞うことだ。そのやり方にはいろいろある。精霊に扮装した代役が立てられることもあるし、依り代を作ることもある。死者のためにもてなしの席と膳が据えられることもあるし、霊を脅迫する言葉を唱えることもある」

反後は席に着く。

「形はいろいろあるが、その本質はひとつだ。それがいかにも存在するように振る舞うこと。できるだけ真剣にそうすること。強く信じ、存在を受けいれる。それが不在者の輪郭をはっきりさせていく。儀式が成立し、不在者の輪郭が克明になればなるほど、存在と不在はひっくり返る。暗闇はとくにいい味方になる」

反後は部屋の明かりを消す。室内の明かりはろうそくだけになる。

「さて、儀式も終わりを迎えつつあるわけだが、ここでひとつ言い添えたい。前述のロジックでいうのなら、召喚の儀式の参加者にとって、考えられる最高の状態とはなんだろうか？」

反後は満足げに笑む。

「儀式に熱狂的に参加する者だろうか？　不在者の存在を強く信じる者だろうか？

いや。召喚すべき不在者の不在を、そもそも知らない者だ。つまり、それが死者の霊を呼ぶ儀式であれば、そもそもゲストが死者であることを知らない人物だ。それが必要だった。そこのあなた。あなただよ。ご協力ありがとう」

「牛の首って怪談を知ってるかい？」

暗闇に逆杜くんの顔が浮かび上がっている。

ろうそくの明かりに照らされて、逆杜くんの顔が半分だけ宙に浮いているように見える。彼は半月のように半分欠けている。

「牛の首。有名な話だが、話の内容は誰も知らない」

そう。牛の首は、古くから知られた怪談話のひとつだ。都市伝説と言ってもいい。その内容というのは「牛の首」というとても恐ろしい怪談があり、それを聞いた者は死ぬ、というのが主題である。

その恐ろしいとされる物語「牛の首」について、話の中で具体的な内容は一切語られることはない。語られるのはただそれを取り巻く物語とその犠牲者についてのみである。

「そう、話の中心となる牛の首という物語は、いわば完全に空白になっている。どんな物語かはまったくわからず、ただタイトルとその周辺が語られる。物語の聞き手の想像力は、自然とそこに集中することになる」

牛の首という不気味なタイトルも意味深だ。それは人面で体が牛の怪物「件《くだん》」をどうしても想起させるし、あるいは牛頭天王《ごずてんのう》も想起させる。あるいは石川県にかつてあった地名の牛首に関連付ける向きもある。しかし、ついしたくなるそういった考察も、ひとつの罠ともいえる。

「実際のところ、そこには意図的に作られた物語上の空白があるだけだ。そしてその空白こそが重要になる」

逆杜くんはろうそくを吹き消す。あるいはそれは勝手に消えたようにも見える。

「だから僕たちは空白を用意してきた」

暗闇の中で、逆杜くんがわたしをじっと見ているのがなぜかわかる。彼の目が恐ろしい。

「百物語には本来は厳格な形式が存在する」

反後の声がする。

反後の顔は、わたしからはよく見えない。わたしからはただ、炎のちらつきに合わせて、彼女の輪郭がちらちら光るのが見えているだけである。

「百物語を終えて、すべてのろうそくを吹き消したとき、怪異が起こると言われる。だけど、厳格に型を踏襲したからと言って、それが起こるとは限らない。逆に、型を崩したからと言って、儀式が失敗するとも限らない」

わたしは光の輪郭をじっと見ている。

「重要なのは場の持つ力、形式はそれを担保するための方策のひとつに過ぎない。実際のところ、充分な力が得られるなら、物理的な場所すら本当は必要ない。百話の怪談を語らなくてもいい。七話でもいい。三話でもいい。ろうそくを灯した部屋だって用意しなくてもいい。参加者の心の中に、ろうそくを立てて消していくのでもいい」

反後はゆっくりとこちらをふり返る。

「私はそのためにできることをした。人の心の中にろうそくを立てて、それを消すために語ってきた。物語の受け手にその自覚はないかもしれないけど、ないほうがいい。無自覚なほうが、火はきれいに灯り、きれいに消える」

彼女は火を吹き消す。輪郭は消える。


「魔術の流派によっては、息をかけてろうそくを消すことは禁忌で、不吉にあたることもあるらしいんですよね。こうやって」

裏部くんはろうそくを早くも吹き消してしまう。

「息は命の象徴で、ろうそくの火も命の象徴だから、命で命を殺すことを意味してしまう、ということらしいです。たまたま読んだ本の受け売りですけど」

真っ暗な部屋の中に、裏部くんの声だけが響く。

「もっとも、もともと生きてない人にとって、これが不吉かはわからないですけどね。ねえ？」

彼は明らかにわたしに向かって言っている。

「以前、弟のことを話しました。実際に弟がいたのか、いたとして、本当にそれが僕の体のどこかになって生きているか、そういうことは本当はどうでもいいんです。たとえば僕の体のどこかに、弟が胎児のまま体をすくめて埋まっていようが、そんなものどこにもなかろうが、変わらない。大事なのはその部分じゃない。決定的なのはもっと別の、今じゃもう取り返しのつかないいろいろなことです」

暗闇は語る。

「どっちにしろ切り落とさないといけない、そうしないと僕はまともにはなれない。ごめんなさい。巻き込んでしまって」

「これまで、僕たちが語ってきた物語の中で、秘密のための固有名詞の差し替えを別にすれば、ひとつ、事実でないことがあった。お詫びする」

逆杜くんは暗闇の中で話し出す。

「それは聞き手としてつねに場に存在していた『わたし』が不在者だったことだ。彼は存在しなかった。彼は不在者だから、過去なんかない。彼は何かを思い出すかもしれないが、それはそれに対応する過去があったことを意味しはしない。彼は何も飲んだり食べたりはできず、そのことに違和感を覚えはしない。部外者の誰も、彼を認識できない。例外は、不幸な通りすがりのやつだけだったが、彼はまあ、自己責任ということになる」

逆杜くんは言葉を切り、小さく咳ばらいをした。

「なんにせよ。僕たちは無を粘土のようにこねくり回して彼を作ってきた。僕は……子供のころに失くした半身を思って彼を作った。結局のところ、自分があの日に何を失って何を得たのか、今でもよくわかってはいない。でも何かが半分なくなったのは事実だ。それは取り戻されないといけなかった」

逆杜くんは言葉を切り——

「私の弟は二回死んだ」

——反後がそれを引きつぐ。

「最初に死んだのは、私が6歳で弟が4歳のころ。花がいっぱいの棺桶があって、斎場の職員が花を渡してくれた。私はよくわからないまま花を棺桶に入れた。紫の蘭の花だった。私は死というものがうまく理解できなかった。弟が遠くに行ったと言われて、私はそれを言葉通りに受け取った。私の中では、神話みたいに死者の世界と生者の世界は地続きで、弟は帰ってくるのだと頭のどこかで思っていた」

暗闇から反後の声がする。

「そして実際、帰ってきた。泣き暮らしていたある日、突然家のぬいぐるみが弟の声で喋ったの。たぶんカウンセラーなんかに言わせれば、それはイマジナリーフレンドだと言うでしょうね。たんに幼い私が空想で弟を作り出しただけだと。でも私にとっては、それは弟だった」

暗闇の中で反後がふり返ったのがわかる。

「弟は私のそばに居続けた。ぬいぐるみでも、人形でも、顔を絵に描いたものでも、弟はそれに入って私に話しかけてきた。それが私に特別な力を与えた。だんだん、ほかの死者も見えるようになった。でも、あるときから、弟の声は遠くなっていった。彼はだんだん私の前に現れなくなった……大人になるにつれて」

反後はわたしに言う。

「いなくなったら召喚すればいい。それだけの力が今の私にはある。準備もしてきた。共犯者も見つけた。私はろうそくを立て、それを吹き消す」

反後は黙り——

「物語を読むということは不思議なことだと思いませんか」

裏部くんがそれを引き継ぐ。

「読まれるまでは、言葉は紙の上のインクの染みでしかない。読み手がそれを引き受けて、心の中で関連付けて編むことで、初めてそこに意味が生まれ、形ができていく」

「書き手と読み手は共犯関係になる。その結びつきは、読み手が思うよりもずっと強い。読み手は書き手の文章を疑うかもしれないが、文章によって想起された自分のイメージを疑うことはない。それは読み手の中から生まれたものだから」

「怪異は語られ、聞かれることによって増幅され、変質する。それはやはり同じような共犯関係があるから。だから大昔から現代まで、人は怪異を語り続けてきた」

「ありがとう。あなたのおかげです」

「彼は怪異になって僕たちの許に帰ってくる」

わたしは暗闇の中でずっと彼らの話を聞いていた。

「来た」

「……来ましたね」

「本当だ」

では何か、わたしはようするに彼らが作り出した架空の存在ということか？　それではまるで、わたしは幽霊ではないか。バカげているじゃないか。わたしは……。

わたしは手を持ち上げ、それを見ようとした。

自分の手は暗闇に溶け込んで見えない。

わたしは立ちあがり、彼らの許へ歩もうとした。

足にはなんの感覚もない。自分がどちらを向いているかも定かではない。

わたしは彼らに何か言おうとした。

息の吐き方を思い出せない。

わたしがいま恐ろしいのは、明かりが灯されることだ。
光が灯って、そこにわたしがいなかったら。
わたしはどうすればいいのか？
そしてもっと恐ろしいのは、それでもわたしが消えないことだ。
光が灯って、そこにわたしがいなかったとして、それでもわたしが消えなかったら。
残ったわたしはどこに行けばいいのだろうか？
どこにもわたしがいないのなら。
だれかよんでくれる人のところに行くしかないじゃないか。
生まれる前の赤子の魂のように。
よんでくれる人のところに。
「さて、明かりをつけよう」
スイッチの音がする。

後日談　逆杜

逆杜は満足げに卓上に置かれたものを眺めていた。

それは逆杜の部屋にある卓袱台《ちゃぶだい》の、面積においておよそ半分を占拠していた。真鍮《しんちゅう》で作られたそれは、彫金細工の目を逆杜に向け、凛々しいんだか間抜けなんだかわからない横顔をしている。

逆杜がそれを手に入れたのは、ちょっとした偶然続きで、さして深い縁のない同業者――つまり古物商の遺品を引きとったことによる。

めぼしい売れ筋の商品は、ほかの古物商があらかた持っていっていた。残ったのは有り体に言ってがらくたばかりであったが、その中に、この真鍮の像があった。

牛をかたどった像の胴体には蓋があり、掛け金を外すと開くようになっている。中は空洞だ。内側はというと、黒く焼け焦げ、煤というには厚みのある炭化した何かがこびりついている。その空洞は、らっぱのように細く伸び、牛の口へとつながっている。

置物というには悪趣味すぎる。それは古代ギリシアの「ファラリスの雄牛」のレプリカだった。それは処刑器具の一種で、中に人間を入れ、火にかける。生きたまま焼かれる。犠牲者の悲鳴は、像の中で反響し、牛の頭部に仕込まれた複雑な空洞によって、笛のような音になるとも、本物の牛のような声になるとも言われている。

レプリカは小ぶりに作られているとはいえ、子供ぐらいは入りそうだ。逆杜は蓋を開け、その内側に手を置く。その残忍な造形物には不釣り合いな、奇妙な充足感を逆杜は得た。


やはり三人目に裏部を選んだのは正解だった。

逆杜からすると、裏部は好ましくない存在だった。それも非常に好ましくない人格だった。そしてそれは珍しいことだった。

逆杜は他人に興味というものを持てない性分だった。芯から他人というものに興味がない。普通の人間が同族に向ける感情は、逆杜の場合はすべて物に向いている。自分は人間よりもモノに近いのだと考えることもある。何しろ自分の半分は、子供のころにどこかに失われてしまったのだから。

裏部は逆だった。彼は過剰だった。一目でわかった。逆杜が半分欠けているとすれば、彼は半分多かった。

遺品整理業者のアルバイトとして彼は現れ、いかにも怠惰に、不平たらたらといった様子でトラックからがらくたを下ろしていた。それが裏部との初めての出会いだった。

裏部と話していると、体の正中線がうずき、眉間に強い痛みを感じた。この頭痛を抱えたのはあのときからだが、そのときの発作は人生最大だった。顔じゅうの筋肉が不規則に引きつり、肉離れになりそうなほど痙攣し痛んだ。その左右非対称な発作、その結果現れる表情は、強面の廃品業者を怯えさせた。

顔面の腫れを冷やしながら、逆杜は反後に「見つかった」と連絡をとった。反後の占術は大したものだった。彼女が予告した日に彼は現れたのだ。

そして今、その成果物が、目の前に現れた。

ファラリスの雄牛。

現れ方はなんでもいい。これは「それ」だ。自分の求めたものだ。ずっと探していた自分の片割れ。

目を閉じてそれに触れていると、頭の中に懐かしい光景が浮かんでくる。見覚えのある校庭だ。そこはいつか見た桃色の光に満たされている。獣の唸るような声がピンクの空から響いてくる。

あがなわれた、という感覚が確かにある。

その白昼夢のような光景の中で、自分の中の欠けた部分が、満たされていく感じがする。ずっと探していたものがついに見つかったような。

逆杜はそれに手を置きながら、ずっと瞑想を続けた。いくらでも目を閉じていられそうだった。頭痛はもうなかった。

後日談　裏部

送られてきた奇妙な届け物、歪な形につながった繭。それがなんなのか裏部は少し後で知った。それは玉繭というものだった。絹糸の製造で、蚕が繭を作るとき、たまにふたつの繭がいびつにつながって、ひとつの大きな繭になることがあるのだという。そのことは反後に教わった。初めて反後に会ったとき、裏部は人生で初めて恐れのような感情を抱いた。これまでどんな規範を破っても感じなかった何かを、反後に感じた。それは、子供のころ、初めて神社に行ったときの感覚に少し似ていた。

彼女は裏部のあらゆることを言い当ててみせた。家族関係や育ちを言い当てられたことには、それほど驚かなかった。そんなものはどうせコールドリーディングというやつだと思った。

自分のような欠損を抱えた人間には、特有の雰囲気がある。ぬくぬくと育った人間にはわからない臭いのようなものがある。それを器用に嗅ぎ分けられる人間は少ないが、珍しくはない。何人も見てきた。嗅ぎ分ける者が仲間を探すためだろうが、食い物にする相手を探すためだろうが、仲間はずれにするためだろうが、目的の違いこそあれ、いるものだ。自分がそういう臭気を放っていることは、裏部自身が骨身に染みるほど承知していた。

しかし、反後は裏部の中の弟について言い当てた。自分が殺して吸収したという弟、母親の腹の中での殺人、それが真実かどうかなんてどうでもいい。母親は裏部に何度もそれについて語り、それは裏部の物語になった。それがすべてだ。弟殺しの物語は、裏部の受けた最大の教育だった。いくら忘れようとしても無理だった。

反後は言った。それを「はがす」方法があると。

召喚し、外に呼び出すのだと。そうすればそれは裏部の中からはいなくなると。裏部は儀式に付き合うことにした。どうせ失うものはない。失いたいのだ。

儀式とやらは奇妙なものだった。本をつくると言うのだ。物語を読むときに人が使う想像力は、ある種の方向付けをすれば、読み手を無自覚のままに儀式の協力者に仕立て上げることができる。それぞれから得られる力が微弱でも、仮想的には何千人もの参加者がいる儀式に近いことになる。逆杜という男はだいたいそんなようなことを言った。得心が行かないまでもまあ理解はできた。裏部はただ、その物語の登場人物になること。そして彼の中にいる「弟」を提供してくれれば、それでいい、と。

玉繭は反後か逆杜が送ったものだと思っていた。問いただしたが否定された。気に入らなかったが、大したことではない。反後はただの先触れだと言った。そういうことには先触れがあるものだと。裏部はそれを信じることにした。

そして、それはさらに送られてきた。差出人不明の大きな段ボール箱。開けてみると、そこにはぎっちりと、玉繭が詰まっていた。裏部はそのボールプールのような繭の中に、そっと手を入れた。

なぜそうしたのかわからない。体が自然にそうしていた。やがて裏部は上体を段ボールの中に投げ込むようにして、その繭の中に浸かった。

大きく口を開け、繭が口の中にぽこぽこと入ってくるのを感じた。そのまま大きく息を吸い込んだ。乾いた、かすかに甘やかなにおいがする。そうしていると裏部は強烈な安心感を覚えた。それは、裏部がこれまでの人生で一度も感じたことのないような満ち足りた感覚だった。こんな安心感、母親に抱かれているときだって感じたことがなかった。抱かれたことどころか見たことのない父親はもちろん、母親にだって。

ただの一度も。ただの一度も。

後日談　反後

身に覚えがないことだった。

そう、身には、覚えがない。

反後はトイレの中でじっと手元を見ていた。

とはいえ、ある種の体調の変化は感じていた。だから検査薬を買った。驚いたことは驚いたが、何か納得したような感覚があった。

弟を取り戻すために、これまでもあらゆる手を使ってきた。子供のころは当たり前に死んだ弟の姿を見て、話せたのに、大人になるにつれて彼の声はどんどん遠くなっていった。

彼をつなぎとめる手段が必要だった。外法とされるような手段にも平気で手を染めてきた。それは反後の力を高めたが、目的の役には立たなかった。皮肉にもそれで身を立てることにはなったが。

単純に、弟はもうそこにはいなかったのだ。

彼は死者なのだ。しかし反後はそれを受け入れたくなかった。

そんなときにあの逆杜という男に出会った。仕事でだった。依頼人が魅せられ、とり憑かれたようになって購入した一枚の掛け軸は、彼の一家を崩壊させ、生業《なりわい》をなかば破綻に追い込んでいた。依頼人は、それを看板もろくに立てていない骨董商から買ったと言っていた。いわれを聞くために彼の許を訪れた。それが逆杜だった。

見ただけで彼は異様な存在だとわかった。彼の目を見たとき、まっぷたつに割れた皿のビジョンが額の裏に見えた。事実、彼はそのような人間だった。彼は大きな欠けを抱えていて、それゆえに、通常の人間には縁のないものと縁を持つことができた。

彼には彼の目的があって、そのために私を必要とした。彼は自分の片割れを見つけて、自分自身を継ぎ合わせることを強く望んでいた。

私はそのために必要な手段を提供した。怪異を語り、呼び出すための方法としての怪談、そして、その力を高めるために、物語の中にトリガーとなる要素をはめ込むこと。

読む者の無意識に働きかけ、人間の無意識に潜む名前のない怪物たちを呼び起こすためのフレーズ。それを物語に差し込むことは、そう難しくはない。彼らは本人も自覚しないうちに、私たちの儀式に協力することになる。外法も外法だが、今さら外法なんて怖くもない。寄生バチって知っている？

反後は手にした検査キットをゴミ箱に捨て、腹を撫でる。
とりあえず医者に行かなくちゃ。
髪も切ろうかな。栄養とられて傷んでしまうかもしれないし。
いつ生まれてくるのだろう。

後日談　読者

さて、これまでお付き合いいただきありがとうございます。まずはお礼まで。

これは、あなたの後日談です。最後に用意させていただきました。といっても、僕は予言をしようというのではありません。あなたにこの先何があるかなんてわかりようがありませんから。

あなたのところに何が現れるかなんてわかるはずないのです。まさか、僕のところにああいう形で彼が現れるのだって、僕には想像がつかなかったのですから。

物語というものは、ある種の安全装置を備えています。現実と物語の間には、明示的であれ暗黙のうちにであれ、線が引かれています。あなたが本を閉じれば、本の中の世界はかき消えます。

ですから、充分にあなたは安全です。彼にあなたを害する能力も意思もないと言ってかまわないでしょう。

とはいえ、多少の影響はあるかもしれません。たとえば、奇妙な夢を見たり、確かにそうだと思っていた些細な記憶が事実と異なっていたり、鏡が怖くなったり、妙なフレーズが頭に浮かんで離れなかったり、道に妙なものが落ちていたり。

とはいえ、大したことはありません。それを楽しんでください、というのは少し傲慢かもしれませんが、彼にそんな影響力はありません。たとえ呼び出されたとしてもね。あなたは前述の通り、安全装置に守られているのです。

ただ、不安を煽るのもなんですから、念には念を入れてと言いますか、重ねての安全装置を用意させていただきました。

以下のことは絶対にしないでください。

・彼に名前をつけてはいけません、思い浮かんでもすぐに忘れてください。絶対に書いたり口にしないでください。彼があなたを見つけます。
・もしそうするのが正しそうに思えても、彼の絵や似顔絵を描いてやったり、人形や人物画を彼に与えないでください。彼はそれを自分のものにするでしょう。

・もし何かとても奇妙なものに遭遇し、それが彼だと思うときは、この本の余白にそれを書いて燃やすか売るか誰かに読ませてください。彼をもう一度本に閉じ込めるのは難しくはありません。

逆杜拝

あとがき

よんでくれてありがとう。

この作品はフィクションです。実在の人物・団体などとは一切関係がありません。

デザイン：森敬太（合同会社 飛ぶ教室）
カバーイラスト：春日井さゆり
DTP：G-clef
校正：鷗来堂

まくるめ　@MAMAAAAU

Xで創作小話を投稿し、多数の「いいね」を集めている作家。
Xのフォロワー数は4万人を超える。（2024年9月現在）
創作ジャンルは怪談・SF・ファンタジー。植物が好き。

その怪異《かいい》はまだ読《よ》まれていません
2024年10月2日　初版発行

著　まくるめ

発行者　山下直久
発　行　株式会社 KADOKAWA
〒102-8177　東京都千代田区富士見2-13-3
電話:0570-002-301（ナビダイヤル）

印刷所　TOPPANクロレ株式会社

製本所　TOPPANクロレ株式会社

●お問い合わせ
https://www.kadokawa.co.jp/（「お問い合わせ」へお進みください）
※内容によっては、お答えできない場合があります。
※サポートは日本国内のみとさせていただきます。
※Japanese text only
定価はカバーに表示してあります。

ISBN 978-4-04-897806-4　C0093